最美的年华 最美的你

清荷诗语 著

台海出版社

图书在版编目(CIP)数据

最美的年华,最美的你 / 清荷诗语著.—北京:台海出版社,2015.9

ISBN 978-7-5168-0727-9

Ⅰ.①最… Ⅱ.①清… Ⅲ.①散文集-中国-当代 Ⅳ.①I267

中国版本图书馆 CIP 数据核字(2015)第 223788 号

最美的年华,最美的你

著　　者:清荷诗语

责任编辑:俞滟荣

装帧设计:虞　佳　　版式设计:通联图文

责任校对:陈　媛　　责任印制:蔡　旭

出版发行:台海出版社

地　址:北京市朝阳区劲松南路 1 号, 邮政编码:100021

电　话:010-64041652(发行,邮购)

传　真:010-84045799(总编室)

网　址:www.taimeng.org.cn/thcbs/default.htm

E-mail:thcbs@126.com

经　销:全国各地新华书店

印　刷:北京高岭印刷有限公司

本书如有破损、缺页、装订错误,请与本社联系调换

开　本:889mm×1194 mm　1/32

字　数:180 千字　　印　张:8.5

版　次:2016 年 3 月第 1 版　　印　次:2016 年 3 月第 1 次印刷

书　号:ISBN 978-7-5168-0727-9

定　价:28.00 元

序

我的青春里爱情曾经来过

每一片花瓣上都盛开着一朵青春，在极浅又极深的陌上,与那个有缘的人不期而遇,然后,爱情的弦便被那个爱你的少年从内心轻轻拨动。从此,在每一个月朗星稀或者细雨霏霏的日子里,你的眼里、心里、眸里、字里便都会留下那少年的影子。

如果人生注定是一次停止不下的旅行，我不去寻佛,只去寻那个在灯火阑珊处等待与我相遇的你。

从此,把青春折叠成花事小盏,在月光的帛上写着一些有关爱情的密语,那些草木,因了爱情的初来,便都荫翳成了红袖下的暗香。原来,人生初见的美,真的是一首诗、一幅画、一杯温润的茶、一盏浓香的酒,醉着你也痴着他。

青春里,有那么多的青涩与懵懂,许多爱,注定在擦肩后错失。这才让我们的岁月里,有了那么多念念不忘的尘事。如果青春注定是一幅写意水墨，执意而又任性，那就让忧伤贴着忧伤，甜蜜贴着甜蜜，幸福贴着幸福，相思贴着相思吧。我们总是看不到故事的结局，那是两扇窗，彼此的故事里，已经没有了重合。一朵花的雨露落在你的窗前，一朵花的雨露落在我的窗前，这才不枉青春里与你爱一场。

不想就这样守望着忧伤让时间老去，在灰色的底板下读着青春爱情里的忧伤。努力绽放吧，让一点又一点的绿色荫翳，然后以绽放的姿态盛开，无论风儿是经过还是不经过，我都会把花开的声音谱成最优美的舞曲。

你的城池里我曾经是匆匆过客，只是来与去都没有敢惊扰你。爱情依然在风花雪月中哭着、笑着、爱着、恨着。透过安静的窗，在同一个时间里，我们一眼读着繁华，一眼读着落寞。

当从生命的苦与乐里沉淀到学会面对一个名字，面对一个人，心不会再起波澜的时候，我便可以把与你在一起的时光，在茶余饭后偶尔地拿出来晾一晾，晒一晒。用掌心把青春的时光捂热，流年拾花，让爱变成一朵不瘦的年华。

目录 CONTENTS

第一卷

半个童话的爱情

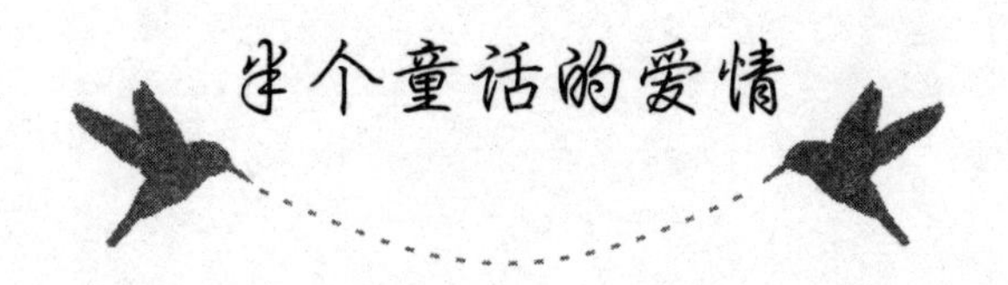

·暗　香·

我把你经书里的禅音拒之门外

我把你笑容里的诱惑抛出脑海

那高高在上的莲花台连同老僧的佛音

砸得俗世的脊背生疼

而我就沉陷在尘世之中

眼睛里盛开着一朵带着露珠的玫瑰花

让所有的幸福在绿色的幕布上燃烧

孤单的红唇渴望一场爱情的亲吻

远处与近处的风景

一

我让自己在雨中站了一整夜,当感觉身体与痛苦完全麻木的时候,转身,沿着路灯昏暗的光线往家里走去。

雨伞什么时候丢掉的,我已经无法记起,刚刚走进家门,身上的雨水便把地板打湿。

当痛到深处的时候，已经无力讲述刚刚结束的爱情,整整五年的相守。

打点好行李,背起孤单的旅行包,没有向单位请假便开始了一个人的旅行。

我想,走到哪儿,算哪儿吧,一直到把自己弄丢为止。

这个黎明没有阳光,一直是细雨霏霏。

二

走到火车售票处，找了一班在二十分钟内开的火车,买了车票,便直接进入检票口。

眼与心都是空的，整个世界也是空的。我听不到喧嚣，看不到行行色色人群的模样。

细细的雨洗涤着这个城市的黎明，灰蒙蒙的天气，只有泪水与雨水的汇合。

刚刚坐到自己的座位上，疲惫立刻包围住了全身，不知不觉，便沉沉地睡去。

突然感觉自己的身体找不到落脚点了，整个人好像就要掉进一个巨大的黑洞里，然后从空悠之中醒来。

恍惚之间，那个侧面便是她的影子，难道一切都是在梦中吗？她什么时候把披肩的长发，剪成齐耳短发的呢？我在哪里？

她竟然揉着肩膀对我莞尔一笑。天气什么时候放晴的，这个披着一肩阳光的女孩真的是她吗？

从迷糊中清醒，原来困乏到极致的自己，竟然枕着一个陌生女孩的肩膀睡得昏天暗地。

三

可当思想与思维刚刚回归到自己身体的时候，我还是痴了、呆了。

这世上竟然有如此相像的女孩，那神态、容颜以及那浅浅的笑。

而我,是一直迷醉在这个笑容里无法自拔的人。

向女孩抱歉一笑,她一边揉着被我枕酸的肩膀,一边用笑容和善解人意的话语化解我内心的不安:“没事的,肯定是累坏了。”

一个“累”字,让忧伤再一次浸满心房。

女孩把目光移向窗外,我的人与思想再一次进入一个完全封闭的世界,拒绝任何喧嚣与繁华的入侵。

四

当点点繁星挂在空中的时候,火车到达了终点站。

机械地随着人流下车,入住酒店。

一切安排妥当的时候,肚子开始向自己抗议,此时才想起,自己从昨天晚上一直到现在都还滴水未进。

正是就餐时间,酒店餐厅基本座无虚席。

抬眼望去,一个熟悉的侧影便映入眼帘,正是火车上与我并排而坐的女孩。

走过去,坐到她的对面,相视一笑,无语。各自吃着各自的晚餐。

五

当把自己的晚餐全部送到肚子里的时候,对面女孩正在把水果拼盘里那最后一块精致的水果往嘴里送。

她的正面,与女友有了差别,她的眼睛里应该多了干净与透彻。可她们相似的地方却还是那么多,尤其是精致而又性感的嘴唇,有一种想立刻拥她入怀的感觉。

思绪再一次飘远,想起与她五年的相守,想起彼此的深爱,想起无奈的分手。

痛里多了相思的苦。有一种想立刻返回的冲动。

但很快理智回归,一切真的都不可能再回到原点。她的爱已经付于别人,而那个夺去我爱情的人,便是自己最好的同事与上司。

从她说出实情,说出"分手"那两个字开始,我便把自己打入了万劫不复之地。

六

"你也是一个人出来的?"

对面女孩竟然主动与我说话。

拉回思绪,含着苦苦的笑,回答女孩:"嗯,是的。你呢?也是一个人吧。"

女孩轻轻点了一下头。

然后又主动对我邀请说:“我叫小可,一起到这个城市的夜色里逛一逛吧?”

我点头答应。

小可:“这个城市的夜色真的很美,也很安静。”

我:“嗯,微风里有海水的味道。”

小可:“是的。”

我:“明天去哪里玩?”

小可:“我想去海边。”

我:“一起吧?”

小可没有作答。

我没有再问。

七

总感觉,有些上天故意、巧意、错意的安排,是自己想躲都无法躲得过去的。

与小可回到酒店，我们竟然住在同一个楼层，错对着房间。

彼此禁不住便笑了。

小可:“明天早上七点,我在餐厅等你。”

我点头答应。

她关上了自己房间的门。

我进入自己的房间,打开窗,让清凉的风吹满整个房间,把已经疲劳透顶的自己丢到床上。

然后,沉沉睡去。

八

从睡梦中醒来,一缕温暖的阳光正好照进房间。

六点一刻,我有足够的时间洗刷。

距离七点还有十分钟的时间,我打开房门准备去餐厅等小可。

可刚刚拉开房门,一张纸条便从门缝里滑落地板:“我去海边拾贝壳了,如果能再相遇,我想和你共度一个星期的时光。”

与我一样,相信着缘分与上天安排的女孩。

可这世间那有这么多的相遇与巧合。

九

人生没有这样多的刻意安排,更不会为了追求相遇而相遇。

今天我决定不去海边,自己一个人在这个美丽的小城随意走一天。

有山有水的城市,总是多了山的灵气,水的秀气。

在这春末夏初的季节,一抬眼,看到的便是满目的花红柳绿。

被风吹走的花瓣雨,如我飘零的爱情,从此再也找不到爱的归宿。

我想轻轻拂去内心的忧伤,可忧伤却是牢牢缠绕心头。

当出租车掠过一路风景,来到这个城市最大的植物公园时,我下了车。

十

潺潺的水流声,与清脆的鸟鸣声,在一重又一重的绿色里合奏。

这样的美妙,落在眼底,突然发现自己的内心也要生出一重又一重的鸟语花香了。

当我拿出相机,想要拍下映入眼帘的美时,一个熟悉的身影闯进了镜头。

小可,就在这个陌生城市,再一次被天意安排相遇。

她手里的那个矿泉水瓶子里装着几只漂亮的彩色贝壳,还有一只小螃蟹在瓶子里对着我张牙舞爪。

虽然外表是那么的威武扬威,但我知道,此时,它内心的无助与彻底的悲伤。

与小可对视的瞬间,我们都是神情一楞,接着释然。

我把随身带的一瓶水送给小可,她欣然接受。

小可把那只张牙舞爪的小螃蟹放进了植物园的湖水里,很快,它便在成千上万只的金鱼队伍里沉到水底,消失得不见踪影。

十一

因不是节假日,更不是双休日,公园里多了平静少了喧嚣。

与小可在小湖的岸边找了一张石凳坐下,看小湖里金鱼戏水。

彼此沉默了许久。

小可:“知道吗？如果不是因为突然的变故,今天是我结婚的日子。”

我不知道,她是在自言自语,还是在对我讲述。

只是从第一次看到她的眼睛起,我便知道,她的内心与我的内心一样,有着深刻的忧伤。

小可:“前天的这个时候, 我和他还是那么地幸福与恩爱。可就在我们与家人一起吃饭的时候,爸爸突然对他说要他再拿十万块钱给他们,才允许他娶我。”

小可拧开手里的矿泉水轻呷了一口，平复了一下自己的思绪："我和姐姐的婚姻都是爸爸计划好的，姐姐找上门女婿。我找对象结婚的时候，一定要给家里盖好房子。说真的，虽然我们是别人介绍认识的，但我知道，他是真心爱上我才答应了爸爸要求的条件。很快他在我们农村老家，帮爸爸和妈妈盖上了新房子。可就在我们商量好结婚，把所有请柬都发出去的最后日子里，爸爸突然要求他家里再拿十万块钱。就这样，我的婚礼没有了。"

时间与我们一起，再一次陷入沉默之中……

十二

我："小可，中午我请你吃饭吧？"

小可点头："好，我们这一周的时间，前三天你来做主，后三天我来做主好吗？"

我点头。

我："小可，你为什么不问我的故事。"

小可："如果你愿意讲，我不问你也会说出口，如果你不愿意，我问了又有何用？"

我："爱情，在金钱面前总是如此脆弱，如此不堪一击。"

小可："我们放下所有的忧伤，用这一个星期的时间把失去的快乐找回来好吗？"

我点头:“好,把丢掉的自己也找回来。”

这次出来,本来是想把自己丢掉的,可面对与小可的约定,我却说出了与心相背的话语。

十三

在与小可回酒店的路上,小可望着天际点点疏星,与那轮朦胧的圆月:“我已经许久没有认真看过天空,看过月亮的阴晴圆缺了。”

想想自己何尝不是如此。

我深深吸了一下鼻子,对小可说:“真香,茉莉花的香味。”

小可没有作答,而是用双手很自然地抱住了我的胳膊。

此时,我知道,小可的心里是他,我的心里是她。

这样的花前月下,许多甜言蜜语在唇齿间还留着余香,而爱情却已物是人非。

十四

一个星期的时光,我们过得快乐而又简单。

小可背对大海,伸开双臂,要我拍下她飞翔的样子。

她说,此时自己就是一只快乐的海鸥,飞翔在属于自己的天空里。再也不会被世俗的爱所羁绊。

而我的一个皱眉、一个浅笑都没有逃脱小可的视线,她都悄悄拍下,然后再给我看。

月亮在笑,太阳在笑,我们的心情也在笑。

十五

最后的夜晚。内心多了分别的惆怅。

与小可坐在房间里,任咸咸的海风吹满整个房间。

小可:"知道吗?这次独自出来,是想把自己永远留在大海深处的,可遇到你真的是个意外。"

我:"我也是,这次出来是想把自己丢掉的,可遇到你,却让我说出了找回自己的话语。"

小可:"如果我把自己给你,你会不会说我是个坏女孩?"

我没有作声。

小可就那么把自己赤裸裸地呈现在了我的眼前。

曼妙的身材、妩媚的眼神,充满诱惑。

我把小可紧紧地抱在怀中,当时间凝固到麻木状态的时候,我帮小可披上了衣服:"此时的你,正是要怒放的花朵,而我不是命里注定那个护花的人。"

小可:"如果有一天,我们又在一个陌生的城市相遇,如果你还未娶,我还未嫁,我会义无返顾地跟了你。"

十六

与小可在车站分手。

我:“懂得了人生真的是有太多诱惑,太多的遗憾。既然我们无法逃离,只好欣然面对。”

小可把一张纸条塞在了我的手中:

如果爱情对了,痛苦就距离我们远了,幸福就距离我们近了。

如果爱情不在了,放手,便是给予另一个快乐的开始。

彼此莞尔一笑。心释然。

一路的风景依然会在我们的眼底呈现,相同的、不同的,由远及近,及近由远,却都是我们因为缘分的注定无法拒绝的经历。

从此,我知道,有个名字叫小可的女孩,她是我生命旅途中,遇到的最美丽的风景,永远无法忘记的过客。

猫的第九条性命

一

与李落一起下车、就要走到楼梯口时，突然，眼前出现了一个黑糊糊的小怪物。它蹲在我们的面前，不走也不动。我吓得惊叫一声，整个身体往后倒退了一大步，正好就躲藏进了李落的怀里。李落看到我吓成这个样子，急忙伸手抱住了我。我挣脱李落的怀抱，看清蹲在自己前面的小东西的时候，内心生出了许多爱怜。原来，是一只腿受了伤的小猫咪，伤口还有鲜血在往外滴落着。

李落不要我去抱那只受伤的猫咪，说太脏，身上会有许多细菌，可我却还是把它抱回了家。它本来是一只纯白的小猫咪，可惜因为没有人照料，全身上下的毛发都结成了黑色的小球球，左前腿也不知道是被哪家淘气的孩子给打伤了。

我找来消毒药棉，帮猫咪的伤口仔细地消了毒，涂上云南白药，又用纱布帮它包扎了起来，然后找到酸奶喂它喝。或许它是真的饿坏了，一口气喝了快半袋酸奶才停止下来。我找来了一个纸箱，把不穿的旧衣服放进纸箱里铺平整，把猫咪抱了进去,然后把纸箱放进了阁楼的贮藏室里。

当我做这些的时候,李落一直在我的旁边认真地看着。

等一切做好、回到客厅的时候,我看到了李落眼睛里的渴望,可我却还是给他打开了门。

“回去吧,李落。”

“我是时候要留下来了。已经许久了,一朵!”

“再让我考虑几天好吗?”

“给我个期限?”

“一个星期可以吗?”

“好,一个星期我还是等得起的。”

李落轻轻带上房门,离开了。

打开电脑,登陆QQ,进入五子棋游戏第七房间。之所以选择这个房间,是因为喜欢这里的宁静,还因为“七”同时是我与小良两个人的幸运数字。

我认识小良已经七个月了。与他刚刚认识一个月的时候,小良对我说:“一朵,做我的游戏搭档吧!感觉我们配合挺默契的。”

我:“如果明天我被那家公司录取,就做你游戏搭档;如果不被录取,就不做。”

小良问:“为什么啊?”

我:“如果被录取,你就是我的幸运星了;如果不被录取,便不是。”

小良："肯定会被录取的，因为明天是2月7日，'7'是我们的幸运数字。"

第二天，我顺利被录取，从此成为小良的固定游戏搭档。

小良："一朵，今天来晚了。"

"嗯，回来的路上，救了一只受伤的猫咪。"

小良："一朵，看我今天的标志漂亮吗？"

点开小良的用户名，看到了一款漂亮的标志：紫藤花开。

"真美，现在正是紫藤花开的季节。"

小良："一朵总是这样粗心！谁如果以后娶了你做老婆，可就麻烦了！我也帮你挂上这个标志了，可你竟然看不到。"

心便微微地被揪了一下。

"小良，我搬到大房子里了，今天不想多说话，想早点休息。"

迅速离开，关上电脑和手机，不给小良可以联系到我的方式。

二

大房子是李落买给我的，我刚刚搬来不久。两百多平米的复式楼层，能听到一个人走路时的回音。楼上那个小阁楼，有四十平米大小，除了我昨天放进去的那只猫咪，再无他物。

第二天睁开眼睛的第一件事情，便是穿着宽大的睡衣往阁楼上跑,想看看那只被我救来的猫咪怎么样了。听到箱子里竟然没有什么动静,心便被揪得紧紧的。打开箱子的盖子时,那猫咪警觉地弓起了身子,抬起头,用一双敌视的眼睛望着我。心一下释然,看来经过我昨天的治疗与喂养,它恢复得不错。

跑到超市,买了一大堆猫食。刚刚结账出来,李落的电话就来了:“一朵,下午饭吃了没有?要不要一起吃?”

“没有。不过要回家吃,买了猫食,要喂猫咪的。”

“也好,既然你喜欢猫咪,也算有个小动物给你做伴了。在哪里?我送你回家。”

当李落开车到超市门口的时候,我欢快地举着双手与他招呼。一路上,我只讲关于那只猫咪的事情。李落也没有多问什么,很守信地只送我到楼下,便开车回去了。

阁楼里,那只猫咪在我为它营造的暖房里睡得正香。走近它时,它已没有了早上对我的敌视态度,只是睁开眼睛看了看我,接着又闭上了眼。当我把猫食倒进小碟子里时,它友好地对我“喵呜”了一声,开心地吃了起来。只是它那只受伤的腿还不能用力,一直往上跷着。

晚上再上线的时候,小良在游戏房间里急急地对我说:“一朵,你是世上最没心没肝没肺的孩子!”

我便对着电脑屏幕笑了。我知道,这个大四的男孩对我是恨不起来的。虽然他从来没有对我说过,但他对我的喜欢,我能深深感觉得到。

“一朵，离开大房子好吗？爱并不是随心所欲的。”小良试图劝说我。

我生气地说：“还轮不到你来教训我！拜拜，我想睡觉了！”

小良刚打出了一个“等”字，我便再没有给他说话的机会。

三

被外面雨滴敲打窗棂的声音叫醒的时候，新的一天又开始了。

秋天的雨总是让人从内心生出些许的忧伤。如若不是心里记挂着那只被我收养的猫咪，我定会在床上盯着天花板发许久的呆才肯慢慢起来。

来到阁楼。当那只猫咪看到是我的时候，竟然开始像老朋友一般主动与我打招呼了。都说猫咪是世上最为乖巧的动物，是最通人性的，此刻我信了。

用手轻轻抚摸了一下猫咪的脑袋，它竟然乖巧地抬起头对着我又是“喵呜”一声。一颗心便完全被这个小动物所软化了。拿来猫食倒进碟子里，把它轻轻抱出箱子，看它幸福地舔食了起来。今天它受伤的那条腿竟然可以轻轻走路了，不再像昨天那样,只要往地上一搁,便会疼得急忙再踮起来。

看着猫咪吃饱,便抱它到楼下洗手间,解开它腿上绑的纱布,看到伤口愈合得非常好。放上温热适度的水,我开始帮它洗澡。把它完全洗干净、吹干毛发之后,我看出这真的是一只非常漂亮的纯白色的猫咪,内心怜爱到极致。

帮猫咪把伤口处换上药,又包扎了起来,把一粒消炎药碾碎放进牛奶里让它喝下,才把它抱回阁楼。把弄脏的旧衣服换下,做成干净的小窝,然后下楼去倒猫咪制造的生活垃圾。刚刚走到楼梯口,便与急急而来的李落相遇。他见到我悠闲自在地提着垃圾袋从楼梯上走下来, 紧张的表情一下放松。

我淡然地笑问道:“怎么了? 这样焦急的样子。”

“一朵,以后不许这样吓唬人! 为什么不接我电话,不回我短信?”

“真的没有听到,也没有看到。”

“那你在做什么啊?”

我答非所问:“真的这样在意我吗?”

李落认真地点头,然后接过我手里的垃圾袋,说:“总是这么粗心,明知道下雨,还不带雨具。”

就那么站在楼梯口呆呆地望着李落消失,然后又出现在我的视线中,再看他打开车门拿出一大堆猫吃的和我吃的东西放进我的手里。

“一朵,明天我不来了,有重要客户。你一个人在家要乖哦!”

望着转身要走的李落,我突然问道:“李落,我是不是你手心里的那只小猫咪?”

李落没有回头,站在原地肯定地回答说:“是。”

然后开车消失在雨雾之中。

晚上,小良看到我准时上线,冲着我便发来了一个快乐的微笑。

“小良,我们这里在下雨,一会儿紧,一会儿慢的,已经下了一整天了。”

小良:“我们这里是晴天。一朵,这世界真怪!我们明明在同一个太阳和月亮下,为什么气候总是不一样呢?”

我:“傻孩子,这就是自然的奇妙了。”

小良:“是的,与人的情感一样奇妙,让人琢磨不透,不知道自己究竟想要什么。”

我们一下沉默了起来。我知道小良有许多话要对我说,但他简单的情感经历却总是让他不知道从哪里说起。虽然我心里明明清楚,却也不给他说出的机会与理由。

寂静的房间,寂静的夜色,能听到时间读秒的声音。小良终是忍不住这沉默:“一朵,去看看,我帮你买了刚刚出的QQ秀。”

“又有新衣服穿了,真不错。”

小良:“只要你愿意,我愿意为你买一辈子。”

“小良，今天那只猫咪受伤的腿好了许多。我帮它洗了澡。它真的是一只漂亮、乖巧的小猫咪。”

小良不接我岔开的话题:“去穿上，让我看看漂亮不漂亮!”

他以命令的口吻说。

“真没有爱心,懒得理你。”

发呆的小良，只能看着游戏大厅里显示出这样一行字:一朵离开了房间。

可电话却接着响了起来。我接起来,是小良。

“小良，我可能真的爱上他了，他说我是他手心里的猫咪。”

小良:“明天,老地方,我等你。”

风透过窗子吹了进来,带着雨的气息,伸手想关窗户的时候,看到秋雨把远处、近处的灯光都洗成了米黄色。这样的色彩显得朦胧而又暧昧。

四

天亮了,雨停了。只是,灰沉的空气含着水珠一般的忧伤,似乎随便找一个理由,便又会痛痛快快地哭个不停。

把房间所有的窗子都打开;然后又跑到阁楼上,第一件事情也是打开窗。清爽的风一下就吹进了房间。

刚把急于从箱子里往外跳的猫咪抱出,它便对我“喵呜喵呜”地叫个不停。我知道它饿了,急忙把猫食拿来倒给它,它便不管不顾地吃了起来。坐在地板上,痴痴地望着猫咪幸福的吃相,突然羡慕起它来:如果自己是一只猫咪,有温暖的小窝可以睡觉,有美味的食物可以食用,这样的生活便真的满足了。我以为,我此时的心灵与思想是与猫咪相通的。

把目光抬起,望向窗外灰蒙蒙的天气的时候,思绪一下子飘得好远好远。耳边突然响起了马头琴那悠远而又古老的音乐声,那声音开阔而又美好。随着音乐的变幻,眼前出现了美丽的蒙古草原:那天空净蓝到一尘不染;那河水净纯到可以看到游弋的小鱼;那草原宽阔到可以让你自由奔跑;那个微笑着向我走来的女子,不正是我的姐姐吗?那笑容美好到想让我伸手去抚摸她的脸。

小时候的我,总是喜欢问姐姐这样的话:“姐姐,你说在山的那边、草原的尽头,是不是就是繁华的大都市了?”

姐姐点头说:“是。”

“那里亮在夜色中的灯,是不是彩色的啊?”

“嗯。”

“姐姐,我要好好读书。等我长大了,要去繁华的大都市生活。”

姐姐便点了一下我的小鼻头,笑了。

吃饱的猫咪,跑到我的面前撒娇,轻轻用身体摩擦着我的手背,把我从沉思中唤回。把它抱进怀中,感觉如抱着姐姐一样温暖。长大后的自己,真的就来到了这个繁华的都市,有了自己的工作与生活。

在吃、喝、睡和胡乱的思绪中,送走了白天,迎来了夜晚。今天我要比小良早到。那个单纯的孩子,总是喜欢早早在房间等我,之后目送我下线,才肯自己离开。他说:“只有这样,一朵才会感觉到小良的目光,才不会害怕与孤单。”

点开相册,看着小良在放假时自驾旅游拍的相片,欣赏了起来。他自然散发出来的干净气质,与他本人一模一样:白皙的皮肤;浓密的眉毛下,那双大大的眼睛透着这世间最为清澈的光亮。

正看得出神,电脑发出一声哨音,把我唤回了游戏大厅。

轻轻一个微笑:“什么时候来的?”

小良:“进来有一会儿了,看到一朵没有反应,便呼你了。”

“噢,刚刚在看帅哥相片发呆呢!”

小良得意地笑着说:“要不要看真人啊?真人比相片好看多了!”

“去去去!看到过自恋的,却没有看到过如你这样自恋的。你怎么就确定我在看你呢?”

小良:“当然了,这叫‘心有灵犀’。懂吗?傻瓜!”

我:“小良,白天睡得好足,今天我要与你大战一百回合。”

小良:“那就放马过来吧!”

其实,有时候,快乐就是这么简单。越是单纯,距离快乐便越近。

当深夜十二点的钟声敲响时,手机铃声突兀地响了起来,我伸手接听。

“一朵这样不乖!都深夜了,怎么还不睡?”

急忙趴到窗子上,看到楼下的李落,正站在车灯的中间给我打电话。心莫名地跳得急速了起来,渴望着,却又拒绝着。只呆呆地站在窗前不说话。

李落说:“刚刚应酬完。一朵快关灯睡觉!我看着你关上灯,便会离开。”

听话地关上手机,强行退出游戏,关灯睡觉。

五

不知道是什么时候沉沉睡去的。听到阁楼里有动静,却也没有在意,因为困意深深缠绕,没有让身体动起来的力气。

被楼下的吵闹声惊醒的时候,窗外的雨真的停了,看看表却才早上六点。楼下的声音吵得人睡不着,很是心烦,可静下心来听的时候，整个人一下子就紧张了起来。

“真是可怜的小东西，死得真惨！是谁家喂养的小猫咪啊？”

跳下床，连拖鞋也顾不得穿，便急急地往阁楼上跑去。窗子大开，那只猫咪早没有了踪影。自己怎么可以粗心到忘记关窗？那只猫咪定是想跳到对面的房顶，然后再爬到紧挨房顶的那棵大树上吧？我如此真情地对它，给它安稳的生活，可它为什么却还是想要离开？难道忘记了自己的腿伤还没有完全恢复吗？这一跃，却是……

一种深深的疼钻入心肺。冷冷的秋风悄无声息地钻入房间，吹打空荡的四周。

李落打来电话的时候，我对他说：“剩下的时间交给我自己好吗？”李落点头答应。我知道，他是一个懂女人心事的男子。

整个下午，我都在为自己化妆。我要为自己化一个盛大的浓妆，去赴晚上与小良的约会。身上这套衣服是姐姐用了整整一年的闲暇时间为我一针一线缝制而成的。这件红色袍子上的每一针刺绣，都饱含着姐姐对我深深的爱与祝福。头饰是用玛瑙、银链、珊瑚、玉石穿缀而成，戴上后，每行走一步，便会发出首饰相撞时那清脆而又悦耳的声音。

进到游戏房间，看到小良已经在房间等我。对他发送了一个轻轻的微笑后，我说：“小良，我们视频吧！”

小良望着屏幕这边的我说:“一朵,这是你们民族的衣服吗？盛装的一朵美丽纯净得炫目。”

我对着小良又是一个微笑，然后站起身旋转着让他看。坐下后，才回答小良说:“这是姐姐在我刚刚上大四那年,用了一年的闲暇时间为我做的嫁衣。她说希望这件衣服能给我带来人生最大的幸福。”

我转身拿起两杯早已倒好的葡萄酒，对着屏幕一碰,一饮而尽,然后说:“我们都缩在夜梦的水银里,那一杯猩红的葡萄酒就在头顶。是前世的传说,一半娇羞,一半嫣然;是今生的仰望,一半缘分,一半流年。”

小良:“一朵,把你收养的那只猫咪抱来我看吧？”

这次,我没有提猫咪,小良却主动提了起来。

我:“它走了。”

小良:“为什么？”

我:“因为它不喜欢我给它的生活。”

小良:“我就知道一朵是世上最聪明的女孩子。”

“不!我真的是世上最笨的女孩子,笨到差一点连自己弄丢。”

小良:“找回来就好,一朵。”

“嗯。”

小良:“一朵,如果现实里有一天,我真的见到你,让我亲吻你一下,好吗？”

我:“嗯。”

沉默代替了彼此的语言。

许久,小良才说:“一朵,我们下棋吧! 今晚,我想陪你一个通宵。”

其实小良是个聪明的孩子,他已经有了预感,他明白了一朵要选择的路。

当曙光冲破黎明的时候,小良说:“一朵,我想,有一天我会找到你的。”

我:“嗯。”

这间房子的电脑,便被我永远关闭。

六

李落呢? 有关李落——

是的,我是李落的员工;他是我们公司的董事长,四十七岁,已婚。半年前我应聘到他公司的时候,他便被我优秀的工作成绩、美丽的外貌和蒙古族姑娘特有的气质所吸引。

李落是自信的。他那么懂女人的心,用半年的时间来悄无声息地接近我,在我的面前展现他的卓越与优秀。所以当中秋节他握住我的手对我说“一朵,和我在一起吧”时,我用微笑来回答了他的请求。

李落把这间装饰豪华的房子钥匙连同一张银行卡同时

放进了我的手中,说:“一朵,以后不要上班了。你想要的,我都可以给你!”

李落也看出了我的犹豫与内心的彷徨。他不想给我哪怕是一点点的勉强。他自信能得到我,所以他答应给我时间,让我做好充分的心理准备去接受他的爱。

只是他没有想到,我最终考虑的结果会是这样的罢了。

当时间的钟摆敲向下午六点时,我给李落发了最后一条短信:“记得后天晚上七点来,不要早,也不要晚。”

然后,我从手机里取出这个城市里的电话卡,丢到了窗外,把房间钥匙、银行卡连同一封信放到了茶几上。

空白。

人生有许多个日子对于记忆来说是空白的。

“轰隆隆”的列车声,连同风声,穿过耳朵的隧道向前行驶。

从城市穿越到乡村,又从乡村穿越到城市。

我知道,这路是有尽头的。它的尽头,便是我的家乡。

七

第二天晚上七点的时候,我已经站在了家乡广阔的草原上,拉着姐姐的手,听到了真真切切的马头琴美妙的弹奏声。

此时的李落,一定也拆开了我留给他的那封信了吧?那封信里只有一句话:“都说猫有九条性命,我信以为真,可现在却知道,那只是自欺欺人的假话罢了。”

如果以地球为一个大圆,我们就是行走在这个圆心中的直线。有缘的人,便会在这个圆心里与我们有着各种巧合的相聚点。如果缘分是对的,那么,这两条直线便会合成同一条直线,牵手相伴,幸福同行;如果缘分是错的,无论开局多么美好,都会以分手为终结,带着所有的痛与伤、快与乐,各自去行着自己的轨道,再无第二次相聚。

我的游戏用户名和密码,我不会修改,永远也不会修改。我无法预知我与小良的未来, 但却可以肯定自己的人生目标:站在孩子们的中间,做一个干净而又真实的自己,像向阳花一般对着太阳微笑。

一时开处一城香

四海应无蜀海棠，一时开处一城香。

晴来使府低临槛，雨后人家散出墙。

闲地细飘浮净藓，短亭深绽隔垂杨。

从来看尽诗谁苦，不及欢游与画将。

——唐朝薛能《海棠》

一

这是一座美丽的小城，这里的人在这里过着平静而又幸福的生活，这里的山是青青的山，这里的水是清清的水，这里的人是纯洁的人。这是海棠对这个让她一来便深深爱上了的小城的评价。

海棠不知道自己还会不会笑，自从那个叫她海棠宝贝的男孩离开她以后，她好像就再也没有笑过，因为她不能明白，一个口口声声说爱她胜过爱自己生命的男孩,一个说她像一株含苞待放的海棠花一样清新而又美丽的男孩,为什么会突然爱上另一个女孩,为什么说分手就分手?三年的爱情,比不过别的女孩一个娇艳的笑容。

这让海棠开始怀疑世上是不是还有真爱?

每个日子都是那么的忧伤与恍惚,灯红酒绿里,海棠总是会迷醉了自己,找不到回家的路。

妈妈望着一天天消瘦下来的海棠,看到没有了朝气和笑容的海棠,看在眼里急在心里,便给海棠请了半个月的假,让她到姑姑家小住几日。

于是海棠便来到了姑姑居住的这个小城。

二

小城没有大都市的繁华,每到晚上十点以后,街上除了霓虹灯的闪烁,除了几个上下班的人在街上匆匆走过之外,在外游玩的人便很少了。商场也在9点左右全关上了门,小城的人都不怎么过夜生活。

海棠一下感觉到了小城人生活的乏味,这么平静,如一池静水,激不起波浪的静水。

第一夜在姑姑家睡觉的时候,海棠便被一种奇怪的声音惊醒,仔细听来好像是一种鸟“咕咕”的叫声,很不好听,瘆得起了一身的鸡皮疙瘩。

第二天起来，问了姑姑才知道是猫头鹰的叫声。这让海棠想到了“古老”两个字，但海棠能看得出，小城人的生活是现代的，他们的生活水平和自己家的生活水平没有什么两样，并且海棠感觉这里的自来水比家里的水要甜，家里的自来水除了洗刷用，已经很少再喝。

三

大概是海棠来之前妈妈便给姑姑打电话把她和男孩之间的事情对姑姑讲了吧，姑姑在海棠面前绝口不提男孩的事情，也绝口不提海棠恋爱了没有，应该找对象了之类的话，并一再向表哥强调，有时间一定要陪在海棠身边。就这样，在表哥的陪伴下，海棠逛遍了小城的大小商场。

可海棠除了喜欢上了那件盘扣对襟有点唐风的上衣外，便没有再看中的衣服了。但海棠只是试穿了一下，便又挂回了衣架，因为海棠知道在小城穿这样的衣服可以，如果自己穿回家去，同事一定会说自己是出土文物。

小城的商场逛来逛去就这几个，再逛便感觉乏味了起来。本来这就是一个乏味的城市，小得可以从城西一眼望到城东。

也只有一个比较好点的公园，也逛过了，海棠感觉好没意思,有点想回家。姑姑自然看到了海棠的心不在焉,极力挽留道:“假期都还没有满,等假期满了再回去吧。”

可海棠却无法说出口自己心里的那份思念在疯长,她想看那个男孩一眼,她想他现在是不是在和另一个女孩在灯红酒绿下跳舞,在花前月下缠绵。

她想他,可她却无法把这一切对姑姑说。

四

正是五月初的时节,姑姑家院子里种的一棵杏树和无花果树上果实累累,杏子和无花果都是青青的。退休在家的姑夫,最大的爱好便是在院子里摆弄他的花草树木,天天如此,看不出有半点厌烦的情绪。

海棠也会拿起姑夫浇花的水壶把水淋到花的身上,看到那些像露珠一样的水珠在阳光下闪烁,海棠感觉好美,这是一种宁静的美,海棠禁不住地望着这份美甜甜地笑了,姑夫望着海棠的笑自己也笑了起来,并说:“花一样的孩子,就是要有笑容和歌声来陪伴的。”

这让海棠的心禁不住动了一下。

因为海棠不愿再逛商店和公园,表哥便带海棠到他的奶奶家去玩。奶奶的家并不住在小城内,出了城还需要走好远的路。

刚刚出了小城，便看到一座山连着一座山。五月的山是彩色的山，道路两旁的那些红艳的海棠花都怒放开来，被一夜的雨露洗得干净娇艳而又美丽，花朵的清香被风一吹可以飘满整个小城，真的是应了“四海应无蜀海棠，一时开处一城香”。

小樱桃刚刚摘完，树上的大樱桃红得正欢，如红玛瑙般美丽，紫紫的桑葚挂满枝头，一只老鹰在空中盘旋，几只燕子站在高压线上休息，还会用嘴不停地啄一下自己的羽毛。

那些不断奔跑、涌动的云，在风中不停地变幻着自己的姿态，仿佛时空的一次骤然巨献，把所有的美好都挂上了枝头。

这样的大自然的美丽，让海棠看得目瞪口呆。

五

车子就在窄窄的乡间小路上向前行驶，如窄窄的时间在指缝间静静流淌一般，不经意间便会让自己与忧伤、与快乐、与离别、与相思和幸福撞个满怀。

海棠感觉自己真的是穿越了时空，回到了最纯净而又干净的年代。那个街头的房子前面，用一个木牌挂在哪里，上面写着醒目的三个大字“代销点”。

海棠想，如果上面写的是“茶楼”或者“酒店”，自己定是骑着白马奔走在江湖的侠女了，然后在酒店门前跳下马背，对小二高喝一声："小二，上两斤女儿红来。"

然而，在代销点旁边蹲着几个吃午饭的人，把海棠飘飞的思绪拉回。

他们手里的煎饼好厚好大，他们手里的碗也好大，海棠感觉他们的手也好大，这些只能在电影里看到的，海棠在这里全看到了。

海棠突然有一种不真实的感觉，她感觉自己像是在一部电影里当主角。

有个老乡望着等表哥的海棠笑了笑，开始给海棠说话，他说海棠是个漂亮的姑娘，他问海棠吃煎饼了吗？

海棠知道他问吃煎饼的意思就是"吃饭了吗"的意思。海棠微笑着对老乡说没有，老乡看海棠笑着和他说话，他便要请海棠吃煎饼。

这时表哥买完东西出来，表哥对老乡说一会去奶奶家吃。

海棠坐上车对表哥说："这里的人真热情啊，看不出他们有任何的虚伪。"

表哥说："是啊，小地方的人都这样，他们富有时不吝啬，贫穷时不屈服。真情实意地对待每一天，每一个人。"

这让海棠心里又是一动。

六

爷爷和奶奶是两位热情的老人，他们看到海棠的第一眼便喜欢上了海棠，尤其是奶奶，拉着海棠的手不肯松开。望着海棠这里是美的，那里也是漂亮的，说海棠的眼睛与姑姑最像。

说话间，爷爷已经准备好了一大桌饭菜来招待海棠吃。平时饭量不大的海棠真的是胃口大开，吃了好多好多的饭菜，许久以来，海棠这是第一次吃得这么多。

吃过饭，奶奶去洗碗，爷爷便给自己倒上一杯茶叶水，海棠和表哥也每人倒了一杯。当海棠问奶奶要不要的时候，奶奶回答说不用。

洗刷完过来的奶奶端起爷爷的茶就喝，爷爷就那么用眼睛瞪着奶奶："自己从来不沏茶叶水，人家要是倒上了，这第一杯我就别想喝。"

奶奶笑着对爷爷说："我高兴，我愿意。"

爷爷又生气地说："喝了别忘了再给我倒上啊。"

奶奶笑呵呵地说："喝你的茶是看得起你，哪一次不是喝过就给你倒上，真是老嘟噜嘴。"

海棠和表哥听着两位老人的斗嘴，禁不住哈哈大笑了起来。

七

假期真的要过完了。

真正要离开小城的时候，海棠心里突然多出了许多的不舍。

她主动拉了表哥的手再一次来到了超市，当望到那件唐风的衣服还挂在上面的时候，她突然有一种庆幸。

就这样海棠把那件衣服买了下来，并穿在了身上。

海棠和姑姑全家告别，她感觉现在的自己真的有着一份好心情。

穿着那件唐装，海棠坐车奔向了回家的路上，她知道，从此自己的内心将有一份美丽的风景存在，这风景里有人性里的真诚与善良，有爱情里的“执子之手，与子偕老”的美好。

相濡以沫，不如相忘于江湖

一

笛儿知道，与夏天的分手，转身时，没有华丽，没有优美的姿态，有的只是满身心的忧伤和不舍。二十一岁就做了夏天新娘的笛儿，以一个完全的小女人心态爱着并且依恋着夏天，那么一心一意地爱着他，为他付出着一切，所以从来没有想到有一天自己会和夏天离婚，并且离婚时爱依然还在。

但日子总是要过的，虽然做好饭的时候会情不自禁地想呼："夏天来吃饭了。"看电视的时候，想把手里刚刚削好的苹果往坐在身边的夏天手里送，但却发现，原来房子里只有她自己一个人了，睡觉的时候会想翻个身往夏天的怀里钻，可当清醒的时候，才知道枕边人早不在身边了。

就这样醒着，然后再昏沉地睡去，然后落泪，然后抱着膝盖回忆着与夏天一起的点滴，脆弱着，却又说不出口，伤心着，却又无能为力改变现状，心迷茫彷徨到了极点，却又无依无靠。

与夏天结婚三年，一直相亲相爱着，那个时候的笛儿还如孩子一般的天真着，因为夏天是家里的独子，当夏天的家人说希望他们早一天结婚的时候，笛儿想，既然爱了，就结婚吧，然后她就在没有做好任何准备的情况下成了夏天的新娘。

二十一岁的女孩子，并不会做家务，夏天的妈妈便手把手地教笛儿，并对笛儿说："要想留住男人的心，首先要留住男人的胃。"所以笛儿便认真地跟夏天的妈妈学做家务，等一年后两个人买了房子搬出来独住的时候，笛儿已经会做一手的好菜。笛儿变着花样地为夏天做好吃的，每当夏天夸奖她说"宝贝，你做的饭菜真好吃"的时候，她都会如孩子一般开心地笑起来。

离婚真的不怪夏天，原因在笛儿，结婚三年了，笛儿一直没有动静，夏天带着笛儿来到医院，并且对笛儿说，妇产科的医生是自己的同学，她会认真给笛儿检查的。检查结果是笛儿卵细胞不成熟，很难怀孕。

夏天是独子，夏天的妈妈早就抱孙子心切，从他们结婚的第一天开始，便天天盼着笛儿怀孕，现在却是这样的结果，想到夏天的好，想到夏天妈妈的好，笛儿知道，只有自己主动提出离婚，才是对夏天和夏天妈妈最好的交待。笛儿还清楚地记得和夏天分手时的最后一夜，夏天那么强烈地想要她，笛儿是想拒绝的，但当夏天轻轻地抱住她的时候，她知道对于夏天，她永远不会说出"拒绝"两个字，那夜夏天对她极尽爱抚之情，笛儿落了夏天一胸口的泪水。

二

日子总是要过的,虽然内心总是充满痛苦和忧伤,工作还是要做的,因为丢了工作便等于丢了经济来源。笛儿的工作还是不错的,在当地最大的房地产开发公司做出纳,所以工作待遇还算比较好,属于真正的白领阶层。白天的日子还算好过,可是当夜晚只有自己一个人面对漫漫长夜的时候,笛儿总是会疯狂地思念夏天。但笛儿知道,夏天不会再回来了,所以孤单的笛儿喜欢上了网络游戏,她会每天玩到困得眼睛睁不开的时候再去睡觉,这样她只要躺倒到床上,那些忧伤和思念便都会被困乏驱逐。

就这样,在和夏天离婚的第一百零八天的时候,笛儿从网络世界里认识了箫。纯粹的,巧合的偶遇。

那是笛儿的一个同事,要笛儿去军棋游戏室看她去玩军棋。笛儿点了旁观游戏,来到了同事的身后。同事点了笛儿的名字点了聊天用语里的聊天命令来和笛儿打招呼,接着同事便又点着与她对家的名字叫箫的一个男子笑了起来:“哥们,你看我同事和你有缘份没有,你们基本算是长得一模一样的两个乐器哦,这下我可以横吹笛子竖吹箫了,只是一个奏出来的是轻松欢快而又清脆的音符,一个奏出来的却是呜咽而又落寞的音调罢了。”笛儿嘴角禁不住扬起了一抹浅笑,感觉同事说得非常对:“笛子和箫真的是长得差不多的两个乐器,但奏出来的音乐却是如此地不相同。”但笛儿却很快又从心里轻叹了一声:“这只笛子，真的已经失去了快乐的音符了，幸福,只是在一转眼之间便消失不见。”

箫的话并不多,给笛儿的感觉是一个沉静的男孩子。整个游戏中,几乎全是同事在和箫说话,他们说的全是游戏中军棋的专用语言:“四十,三十九什么的。”让笛儿听得一头雾水。游戏结束后,同事便拉了笛儿和箫去UC里面的同城相约聊天唱歌,笛儿没有视频,也没有麦,笛儿便想找理由下线不去,但笛儿的同事却对笛儿说:“箫是咱们这个城市音乐学院的就读大学生,不但真的能吹箫,并且唱的歌也非常好听,如果你不来,真的是你的损失,别怪我没有对人说哈。”笛儿是个闲人,一个人玩也是玩,和朋友玩也是玩,所以她便又听了同事的话,下载了UC,在同事的带领下,来到了同城相约的房间里面。

三

这真的又是一个网络中诱人的虚拟世界,各个房间有各个房间的特点,有跳街舞的房间,有原创文学朗诵的房间等等,各有特色,各有所长。每一个进入到这里的朋友大概除了笛儿之外都是有麦和视频的吧,他们不会矫柔造作,不会虚假谦让,只要麦传到他们的手中,他们便会落落大方地登上舞台，把自己最美丽的歌声，最炫彩的舞姿展现在大家的面前，让观者达到最理想的视觉和听觉享受。

麦传到了箫的手中，笛儿看到箫的第一眼，心里禁不住便是一动，这是怎么样的一个大男孩呢，那忧郁的眼神一下刺疼了笛儿的心。长长的箫拿在他的手中，吹奏起来的箫声圆润轻柔，幽静典雅，却又给人一种呜咽、悠远而又绵长的感觉，有泪想从笛儿的眼里溢出。箫留着典型的艺术发型，眼神专注，却又不知道望向何方。不知道箫是什么时候停止演奏的，当有的朋友送上鲜花和掌声的时候，笛儿却是满眼的泪水。箫把麦传到了笛儿的手中，笛儿急忙从聊天大厅说："我没有麦，也没有视频，只能看你们表演。"箫便第一次主动对笛儿说："我想姐唱歌一定非常好听吧，明天去买麦和摄像头，我们一起玩吧。"笛儿被箫这一声简单的"姐"叫得心一下温暖了起来，感觉和箫的心一下好近了，有点想爱护他，想抚平他眼底的那份忧伤，如姐姐爱护弟弟一般。笛儿连思索也没有思索，便答应箫明天会买来麦和摄像头到这里来玩。

笛儿退出了UC准备去睡觉，可突然游戏大厅里的一声哨音吓了笛儿一跳，笛儿一看聊天大厅，原来是箫在找自己，接着笛儿就看到箫在用悄悄话的形式向自己要QQ号码，笛儿便也用悄悄话的方式把自己的QQ号给了箫。彼此加了好友后，箫便一下又变成了大哥哥一般的样子对笛儿说："明天还要上班吧，快去睡觉吧。"

笛儿便突然又感动了起来，自从和夏天分手后，已经许久，好像有一个世纪没有男子对自己这样说话了，于是笛儿对刚刚加的好友箫说："想认你做弟弟，可以吗？"

箫很快发来一个微笑的表情，对笛儿说："可以，姐去睡吧。"

笛儿便听话地和箫道了一声晚安。

那夜是笛儿和夏天离婚后，第一次睡得如此沉稳，没有失眠的，没有从心里数夏天的名字。耳畔里一直萦绕的是长箫那悠远而又绵长的音符。

四

第二天一下班，笛儿便拉了同事去电脑城买麦和视频，同事其实和笛儿一样大的年龄，却正和男友在热恋之中，只陪笛儿这一会儿的工夫，她便接到了男友两个电话，而笛儿却心好像沧桑到千疮百孔。

三年，时间真的不算太长，却已经让一个女孩变成了少妇，幸福单纯与快乐就这样随着心境的不同而变得忧伤了起来。同事因为男友的相约，只陪笛儿买了麦便走了。买好一切视频设备，笛儿跑到快餐店买了便当回家来吃，然后便打开了电脑，或许只有网络才会让笛儿忘记现实，忘记现实中心的疼痛吧。

刚刚登陆进游戏大厅，箫便从好友在线里向笛儿打招呼:“姐,来看我玩军棋呀。”

笛儿答应了一声,来到了箫的身后,笛儿不懂这个游戏,所以她只是让自己的ID进去了箫的游戏桌,然后把电脑主机拿出来安装摄像头,但笛儿又怕箫和自己说话,所以便还要时不时地点开箫的游戏桌面看箫和她说话了没有,但箫除了笛儿刚刚进去时用聊天命令里的语音向笛儿打了一声招呼外,并没有再说一句话。安装好摄像头的笛儿,呆呆地看箫玩游戏,思绪便不知不觉地又想起了夏天,她在想夏天吃好了没有,穿好了没有,夏天会突然想到她吗,会突然给她打电话吗？如果夏天突然打来电话,自己是接还是不接?

突然的一声哨音让笛儿回过了神,原来箫游戏结束退了出来，游戏桌上只剩下了笛儿一个人在那里傻傻地呆着呢,笛儿急忙退出了旁观游戏，箫从好友在线里问笛儿:“姐,买来摄像头和麦了没有？”

笛儿:“买来了。”

箫便没有再多说什么，彼此打开了视频聊天和语音,两个人都突然沉默了，笛儿习惯性地拿出那个精致的打火机,然后点燃了一根细细长长的薄荷香烟，深深地吸了一口,对着电脑屏幕吐出了口里的那股白色的烟雾。笛儿是和夏天分手后学会抽烟的,每当望着自己吐出的袅袅细烟时,笛儿便会想到和夏天的缠绵爱恋。

箫望着笛儿抽烟的姿态望了许久，然后对笛儿说："姐，我给你唱一支歌吧。"

笛儿点了点头。

"怎么隐藏我的悲伤/失去你的地方/你的发香散得匆忙/我已经跟不上/闭上眼睛还能看见/你离去的痕迹/在月光下一直找寻/那想念的身影/如果说分手是苦痛的起点/那在终点之前我愿意再爱一遍/想要对你说的不敢说的爱/会不会有人可以明白/我会发着呆然后忘记你……"

笛儿知道箫唱的是周杰伦的《轨迹》,听着听着,笛儿便有眼泪想流出来了,但她不想在一个比自己年龄小的男孩子面前流泪。箫唱完歌两个人便又沉默了起来,然后箫对笛儿说:"姐,江湖儿女,不拘小节的。"

于是笛儿便对箫说:"弟弟,我们见面吧。"

箫便点了点头。

五

许久没有心情认真做饭了,自从夏天离开后,笛儿每天的饭菜都是凑合着吃。这天,笛儿起了一个大早,然后跑到超市买来了许多新鲜的蔬菜,她想为整天在学校食堂吃饭的箫改善一下伙食。在她心里,她感觉和箫好像认识了许久,心并不远,人也并不陌生,好像箫真的是和她有亲情之缘似的。笛儿想,大概人就是这样吧,认识许久了或许你不会把他放心上,可有的人刚刚认真却能感觉到心灵的相通,好像真的是自己的亲人一般亲切。

笛儿把一切应该准备的全准备好，只等箫来了之后,一炒便可以出锅吃饭了，这样可以保证箫吃到最新鲜的饭菜。笛儿在等箫的电话,她怕箫自己找不到家门,虽然在QQ上对他说得非常清楚,但却还是担心着。大概在十一点的时候,笛儿家的门铃响了。

箫就这样站到了笛儿的面前,箫看上去大概有一米七五左右的中等个头,瓜子脸,白白净净的,因为现在正是初夏季节,箫着一身有点发白的淡蓝色的牛仔服,里面的衬衣随意地翻到了脖子外面,脚上穿的是一双运动鞋。笛儿感觉箫是如此的阳光而又帅气,内在的那份艺人的气质,让笛儿从心里有点嫉妒萧起来,这么青春,这么阳光,而自己不比箫大多少,内心却有着恍若隔世的沧桑一般。箫站在笛儿的门口向笛儿微笑:“姐,我是箫。”

笛儿便一下又开心起来了,一边把箫往屋子里让,一边对箫说:“你先看会儿电视,姐这就把饭做好,让你看看姐的手艺怎么样。”

没有丝毫的陌生人的感觉,好像彼此之间在前世就已经认识,好像彼此之间早就有了这份丝丝缕缕的姐弟情缘。笛儿从心里把箫当成了自己的弟弟来对待。

很快笛儿便把饭菜摆了满满一桌，箫一边开心地大吃，一边夸奖笛儿的厨艺一流棒，笛儿也幸福地笑了起来。突然就想到了夏天，有眼泪想从眼眶里溢出，笛儿还是忍住了。

笛儿把一块糖醋排骨放进了箫的盘子里，箫吃掉了。笛儿又把一块红烧鱼放到了箫的盘子里，箫又吃掉了，笛儿心里开心到了极点。吃过饭箫非要笛儿休息，他来收拾碗筷，笛儿不答应，箫便对笛儿说："姐，还是我来吧，姐做了一上午的饭了，一定累坏了，能吃到姐亲手做的饭菜，你知道我有多开心吗？"

笛儿便让箫去洗碗，自己跑到书房等箫。

笛儿自己住的是三室二厅的房子，房间面积大约一百三十平方米左右，想起最初和夏天一起买房子的时候，因为双方父母经济宽裕，两个人并没有房贷，离婚时，夏天执意要把房子留给笛儿。这不得不让笛儿时时念着夏天的好。

笛儿把阳台上那间卧室装饰成了书房，里面放着笛儿平时喜欢看的许多书和她的电脑。笛儿一边坐在地板上看书，一边点燃了一根香烟。做完家务的箫走了过来，他静静地坐在了笛儿的对面，拿出了自己的乐器，开始为笛儿吹箫，这是他们约好的，笛儿亲手为箫做饭吃，箫为笛儿吹自己的乐器。笛儿听出箫吹的是《离歌》，这也是自己最喜欢的一个曲子，笛儿便放下手里的书，静静地听了起来，烟雾一直缠绕在笛儿的指间，然后慢慢散开，笛儿的思绪如这轻薄而又透明的烟雾一般，一下迷茫而又悠远了起来。

停下来的箫对笛儿说："姐，你抽烟的样子很美，你人也很美。"笛儿便站起来用手抚了抚箫的头发说："可是姐的心已经老了，美这个词只能用在漂亮而又快乐的女孩身上，姐已经和这个词相距得太远、太远了。"

六

晚上在网络中，箫又和笛儿相见了，箫便呼笛儿来看他玩双明棋，笛儿照样会进去把ID挂在箫的身后，然后再去做别的事情。箫玩起军棋来的时候是快乐的，他说网络中他最爱玩的是军棋，现实中他狂热的是音乐。游戏中的箫从来不会和笛儿多说一句话，他会非常投入和认真地玩，笛儿自己逛累了的时候，会点开箫的游戏秀来看，呆呆的，其实她的思绪与目光定格的只是一个点，她的心是空的、是忧伤的。

箫对笛儿说："姐，我是个不会聊天的人，但姐你是例外，我喜欢和姐聊天，我喜欢把自己的心思对姐讲，我想好好来爱护我的姐姐。姐，天气一天天热了起来，记得不要吃太多冷食，记得空调不要开太大。"笛儿便会好感动了起来，想到自己和夏天在一起的时候，笛儿心里眼里全是夏天，她也会对夏天说同样的话，可夏天却好像受之成了习惯，从来不会对笛儿说关心的话语。而箫却是个心思如此细密的男孩子，他知道疼爱笛儿,这让笛儿心里真的好温暖,也好感动。

这个夏天,笛儿和箫在现实与网络中游走着,每到双休日的时候,箫会到笛儿的家里来作客,然后笛儿会用最丰盛的午餐来款待箫,每到夜晚的时候,箫会和笛儿一起玩军棋游戏。笛儿是个笨笨的小女人,虽然天天看箫玩军棋,可当她在箫的强烈要求下第一次玩军棋的时候,却还是不会玩,也不会用鼠标点了棋子来走,结果总是要进入托管状态,此时箫便会大笑:“姐,你好笨,真是天下第一笨呀。”笛儿便不服气,两个人便会吵起来,相互揭着对方的糗事和笨事,然后两个人便会打开视频,看谁笑得走了样子。快乐就这样不知不觉地回到了笛儿的身边,笛儿真的又变回了好像没有和夏天结婚前的那个快乐的女孩子。

慢慢地,笛儿从网络世界认识的朋友多了起来,当笛儿没事在等箫的时候,她也会自己或者和朋友玩上一局军棋,笛儿终于明白军棋里许多棋子的名称是用数字来代替的:40代表司令、39代表军长、38师长、37旅长等等,也就是说这些棋子的编号越大,官职也就越大。当别人再用数字说棋的时候,笛儿也能应对如流了。

但笛儿却发现箫开始吃她醋了,箫不喜欢她和别的男孩子玩,如果箫进来看到笛儿是和女孩子玩,就什么话也不说,但如果看到笛儿是和男孩子玩,箫便会吃醋地问:“姐,和你对家的帅哥是你朋友呀?什么时候认识的?”

笛儿会感觉好烦,有时候就是真的不认识,笛儿也会说:“是朋友,但你不能干涉姐姐的正常交友。”

箫就会做出好难过的样子对笛儿说:“姐,这里色狼多,在这里我是你唯一的亲人,我有权力保护你。”

笛儿听了箫这样的话语,忍不住便笑了起来:“你还是个小孩子,懂什么是色狼吗?”

一句话好像激怒了箫:“在学校追求我的漂亮妹妹有的是,你怎么可以这样小看我?”

笛儿内心有一分钟的震惊,然后是感觉箫有心事了:“箫,你有心事了?”

在笛儿打出这样的问话的时候,箫几乎是同时给笛儿发来了:“其实,爱一个人真的很辛苦。”

笛儿的内心突然猛地一酸,有泪想流出来,想到自己对夏天所有的爱与付出,可是当自己因为不能怀孕而提出和夏天分手的时候,他却如此的决然,虽然对他没有恨,只有思念,但内心那份失落的痛谁又会知道呢?真的有不甘心的成分在里面的。想到箫竟然也有了爱的女孩子,或许和箫的姐弟情缘也要到头了吧?彼此又沉默了许久,箫说话了:“姐,我现在就想见你。”

笛儿说:“姐在家等你。”

七

一进门,箫便紧紧地把笛儿抱在了怀里,认识这么久以来,这是两个人最近距离的接触。笛儿想从箫的怀抱里面挣脱出来,可是箫却越发抱得更紧,让笛儿有一种透不过气的感觉。

"姐,如果我再不说,我知道我会发疯的,因为在学校总是有女孩子追求我,我也并没有想到我会这样爱上一个人的。"

笛儿便一阵心疼,于是,用手轻轻拍了一下箫的后背:"好,姐听着呢,弟弟说吧。弟弟喜欢上的女孩子,一定是个漂亮无比,冰雪聪明的好女孩。"

笛儿的这个动作和这几句话彻底地把箫激怒了,他猛地低下头深深地吻住了笛儿。笛儿有一分钟的惊呆和不知失措,然后想把箫推开,可是箫却用力紧紧地把她搂在怀里。动弹不得的笛儿眼泪流了出来,一大滴,一大滴一顺着脸颊流进了她和箫的嘴里。

箫被笛儿的泪水浇醒,他停止了亲吻,松开了紧紧搂抱着笛儿的双手,然后用痛苦的眼神望着笛儿,两个人都呆呆地站在那里,谁也无法再说出话来。然后箫再一次把不停流泪的笛儿轻轻地揽进了怀里:"姐,我真的爱上你了,可我却无法忍受你看我时,那份没有丝毫爱情意思的眼神,连做梦我都想把你揽在怀里,好好爱你,疼你,不再让你的内心疼痛。”

笛儿被箫的吻和箫突然的表白吓到,吓到一时无法让头脑正常思维,刚刚在箫没有来的时候,自己都还在想怎么样当好箫的参谋,一定要好好问问箫喜欢的女孩子是个什么样子的女孩,可是箫喜欢的竟然是自己,这是梦吗?笛儿觉得不可能。从内心,笛儿一直把箫当成一个弟弟,一个需要自己来疼的大男孩,因为笛儿整整比箫大了四岁。

笛儿的沉默和泪水,让箫有点不知所措,但他知道如果自己再不对笛儿说出口,他想,有一天笛儿是真的会把他逼疯的。箫再一次用自己的唇去找笛儿的唇,笛儿这一次是清醒的,她结结实实地给了箫一巴掌:“你怎么可以这样,我是你姐,你怎么可以爱上我?”

笛儿的一巴掌让箫感觉到了自己的失败:“姐,你竟然打我?谁规定的我不能爱上你,谁规定的我不可以爱上你?”

箫的声音有哭泣的味道。

笛儿内心也惊慌和不知所措到了极点。箫彻底地疯狂了起来,他再一次紧紧地把笛儿箍在了怀里,他要向笛儿证明他已经不是个小孩子,他要向笛儿证明自己对笛儿深刻而又热烈的爱。

他紧紧地吸住了笛儿的唇,不让她有反抗的机会,也不给她反抗的机会,此时的笛儿心乱如麻,思绪被箫热切的亲吻凝固得不能思考。就那么呆呆地任箫拥抱着,亲吻着,然后笛儿便感觉有一种熟悉而又陌生的感觉突然之间浸透了全身,这样的感觉让笛儿失去了自我,情不自禁的笛儿开始回应箫的热吻,这让箫内心受到了巨大的鼓舞,箫觉得笛儿是爱自己的,只是笛儿自己没有发现罢了。

笛儿开始认真地感受箫的亲热,笛儿明白,这是箫的初吻,因为此时箫好像突然变得比自己紧张了起来,笛儿突然想让箫再拥抱自己紧一点,她太需要这样的怀抱了。

就这样,笛儿和箫同居了。

笛儿分不清是自己内心的孤单需要箫,还是自己真真正正地爱上了箫,但笛儿能感觉到箫对自己热切的爱与依赖以及关怀,箫在享受笛儿的爱的同时,也热切地把自己的爱付于笛儿,这是与夏天有着很大的不同的。

八

箫喜欢吃笛儿做的每一道菜, 箫喜欢帮笛儿做家务,当两个人闲下来的时候,箫便会用笛儿的电脑玩军棋游戏,会用笛儿的麦和视频去UC歌唱,而笛儿总是喜欢坐在箫的身边,看他玩游戏聊天,然后当箫的Q里有女孩子的时候,笛儿会和箫开玩笑说:“今天我允许你泡这个漂亮妹妹。”

箫便会开心地对笛儿一笑说:“那我真泡她了哈。”

笛儿会非常认真地点一下头,结果却会得到箫严重的惩罚，他会一转头把笛儿吻到自己的怀里，一直吻到笛儿喘不过气来，低头求饶为止。

午休的时候，箫喜欢躺在笛儿的脚下，眼睛一眨不眨地望着细细的烟雾在笛儿的指间缭绕，然后他会伸出手，把笛儿手里的烟接过来按到烟灰缸里，把切好的一小块西瓜放进笛儿的嘴里说："姐，等我毕业我们就结婚，到时我们两个如一对幸福的小老鼠，我会天天在晚上轻轻地咬着你的小耳朵对你说一百声我爱你。"

笛儿便感觉有丝丝的甜蜜在自己内心蔓延，慢慢地在淹没着自己内心的苦痛与无奈。

双休日的时候，箫是不准笛儿窝在家中的，他会拉了笛儿的手逛街，每每碰到有跳街舞的，箫会拉了笛儿一起疯狂，可笛儿总是跟不上那样快的节奏，只几分钟的时间便会停下来，而箫却会一直跳到大汗淋漓。

笛儿会在一旁如痴如醉地看箫的舞姿，真的好美！那是充满力量的、阳光的、青春的美。箫喜欢拉笛儿去儿童乐园，在冲浪车上，箫喜欢听笛儿大声的尖叫，然后他会用脚使劲地踩着控制器，让冲浪车越飞越高。笛儿这时就会用两手紧紧地抓住箫的手，而箫就会笑着看闭着眼非常依赖他如孩子一般的笛儿，感觉会越发地爱她，呵护她。当冲浪车停下来的时候，笛儿会站不住，会柔弱无骨地依偎在箫的怀里，箫便会轻轻地把笛儿揽在怀里，幸福在两个人的心里静静地流淌着。

玩了一天的两个人回到笛儿的家中，躺在地板上，箫把笛儿搂在怀里，轻轻地咬着笛儿的耳朵，对笛儿有说不尽的甜言蜜语，极尽亲热爱抚之情。而此时的笛儿感觉自己爱箫的一颗心就是一根疯长的蔓藤，紧紧地缠绕在箫如树一样挺拔的身躯上面，内心对他充满了缠绵与依恋。

九

莫名地，笛儿总感觉全身没有力气，箫几次要陪笛儿去医院检查，笛儿以为只是感冒，便没有放到心上，可是上班的时候，笛儿再一次感觉到了头晕目眩。笛儿知道自己真的需要检查一下身体了，她便请了假一个人去医院检查，检查的结果，让笛儿大吃了一惊，笛儿怀孕了。

一个人走在大街上的笛儿，不知道内心是欢喜还是悲伤。原来自己可以怀孕，在她和夏天分手整整一年，在她和箫同居整整一百天的时候，笛儿怀孕了。现在已经是初冬的天气，原来日子与生活，一直在往前行走着，无论你是幸福还是悲伤，时间是铁石心肠的人，它永远如此冷面地看着人世间一切的情感变化，却从来不会在意谁，疼惜谁，总是看淡一切，不紧不慢，不慌不张地往前行走着。

突然一对熟悉的身影走进了笛儿的视线，这让笛儿有几秒钟不能呼吸的感觉，那一对勾肩搭背的男女，真的让笛儿太熟悉了,那男的正是夏天,而他用手揽着肩的女子,正是给笛儿检查身体的夏天的女同学,笛儿的内心突然明白了什么,却又突然非常的迷茫了起来,思绪在这一刻千变万化了起来。

突然又有一抹微笑挂到了笛儿的嘴角。原来思念一个人需要一生一世,看清一个人只需几秒钟。

晚上箫早早地就在网上等待笛儿了,如平常一样的从好友在线里呼道:“姐,来看我下军棋。”

笛儿一声不响地走到箫的背后,一直到箫结束了游戏。笛儿便从好友在线里对箫说:“弟弟,我们的关系也应该结束了,姐姐已经决定听从公司的安排,准备去外省的一个城市工作两年。”

箫先是有一分钟的不能思考,然后便直问笛儿:“姐,我做错什么了吗?”

笛儿答道:“弟弟没有做错什么。”

“那为什么要和我分手,你去外地工作,我也是可以等你的,因为你工作两年回来,我正好大学毕业可以娶你了。”

笛儿便非常实际地说:“姐姐已经这样大了,已经等不起两年或者三年的时间,姐姐想找个年龄相当的人,把自己嫁掉。”

箫便强烈反对道:“姐,不可以,我不答应!”

笛儿对箫说:“姐,真的太累,真的等不起了。”

箫便有想哭的感觉，他对笛儿说："姐，你已经是我的女人，我应该对你负责任的。再说，我们两个应该是年龄相当吧？姐，你难道忘记我曾经对你说的话了吗，我对姐说过的，江湖里，我们是最幸福、最浪漫而又最惬意的侠侣。"

笛儿听了箫这样的话，从内心感动了起来："有弟弟这句话，姐就是离开也知足了，弟弟还记得我们刚刚认识的时候，弟弟的一句话吗？江湖儿女，不拘小节的。让我们相识于江湖，相忘于江湖吧。"

笛儿说完下线，开始整理自己的行李。

飞机带着笛儿飞向了另一座城市，她走的时候没有对箫说，虽然她知道箫会去找她，但她明白，箫年轻的心里有太多的梦和理想，他曾经说过，毕业后想当一名专业乐手，想当一名演员，因为他的父母都是从事文艺工作的人，并且他还想去部队文工团。这一切的一切，全是他的梦和理想，笛儿不想过早地用孩子和家把箫禁固在自己的身边，让他过早地体味生活的酸甜苦辣，爱他就要让他去飞，让他自由地去享受自己的快乐与青春的美丽。

笛儿知道自己是一个如水的女子，虽然柔弱，但却是非常有韧性的，经历让她成熟，她也懂得箫对她这份爱才是真实的、真正的爱情。她知道自己会成为一个合格的好妈妈，虽然很苦，心也会很疼。但这些又有什么关系呢，恋过、爱过，幸福过就足够了。

汉江月影襄阳情重

一

初春，月影被分配到这个边远的小乡镇来实习，当城市的繁华距离自己渐渐远去的时候，月影喜欢一个人独自赏春，赏春色里无限的风景，看那满山满山的绿就这样一点又一点地浓郁了起来，满树满树的花就这样一朵又一朵地盛开。月影的心感觉到了从未有的欣喜，这欣喜似要把她内心所有的忧伤都摘掉一般。从此，月影爱上了春天，她想自己就这样与春天一起老去，一直老到自己完全融入在春天里。

直到有一天，在一场春雨里，月影站在那株梧桐花盛开的梧桐树下，被她最为熟悉气息的人从后面抱住，然后他的唇吻向了月影的后颈。月影没有挣扎，也没有让自己反抗，这身体月影太渴望拥有，但月影明白，这身体不属于她，他们在错的时间、错的地点、错的青春里相遇，注定这是无果的姻缘。

当那人从月影的视线中消失的时候，月影的左手掌和右手掌都落了满满的梧桐花，月影望着那离去的身影含泪而笑，他们为他们灵魂的相爱画上了圆满的句号。

第二天，月影与这个小镇的春天，与这个小镇的小医院告别，她实习期满，返回了学校。

离开春天，忧伤重新回到月影的心里，如一根藤蔓一般，在月影的内心生根发芽，荫翳开来。

二

程嘉石在电脑前等待了三个月，从春天等待到了夏天，也没有看到自己喜欢的那个名字叫月影的女孩出现，嘉石从内心担忧着、牵挂着这个女孩子，这个无家可归的女孩怎么了，过得好不好？怎么会无缘无故这样久不在线上？许多疑问自己都无法解开，他有一种想去月影学校寻找她的冲动。

月影再上线的时候，已经是暑假期间，当月影对嘉石说："哥，我毕业了，暂时没有去处，我去你居住的城市吧。"

嘉石按下内心所有的疑问，然后回答月影说："你来吧，我的家和我的父母会随时欢迎你的到来。"

月影便给嘉石发过去一个微笑的表情，可这笑容里，嘉石分明看到了结着许多的忧伤。嘉石在想，等月影来了，第一件要做的事情，便是摘掉她内心的忧伤，让她快乐起来。

嘉石的家很小，六十多个平方的二室一厅，是那种特别便宜的经济适用房，本来这房子是爸爸和妈妈不想买的，但嘉石坚持要爸爸和妈妈买，他希望自己离开这个世界后，爸爸妈妈能有个安身之所。

嘉石在没有生病之前，在他们襄阳的汉江月影大酒店做高级主管，年薪拿到二十几万，双双下岗的父母，在那段日子里，把脸上所的愁苦都摘了下来，他们只等儿子有了女朋友，然后让他们抱孙子就行了。

领到第一年年薪的时候，嘉石交了房子的首付款，他对父母说："爸爸、妈妈辛苦一辈子了，儿子要给你们买新房子住。"

爸爸和妈妈听着嘉石的话，笑得嘴都合不拢。嘉石领第二年年薪的时候，他们搬进了新房子，也就是在装修新房子的时候，嘉石晕倒在了自己家的新房子里。

当查出嘉石得的是白血病的时候，父母坚持要卖了新房子给嘉石看病，但嘉石坚持要父母买了经济适用房，他才会答应父母卖这套房子给自己看病。父母拗不过嘉石，卖了他们的新房后，又买了现在这套小房子。房子虽然小，但他们一家三口总算在襄阳这个美丽的城市有了自己的安身之所。

三

襄阳车站，当嘉石的爸爸和妈妈推着嘉石找到站在车站出口楼梯上的月影时，月影从内心震撼了，她不知道嘉石竟然是这样的状况，这个在网络里相识三年，如知心大哥哥一般关怀着她，整天听她诉说内心的忧伤、苦闷、孤单，知道自己内心所有秘密的挚友，竟然是连路都不能走的病人，竟然完全不是相片里那个阳光帅气、手里托着蓝球正准备把蓝球投出去的朝气蓬勃的大男孩。

月影以为自己认错了人，当她确定是嘉石的时候，嘉石微笑着对月影说："妹妹，来低下你的头。"

月影便乖乖地把头低到了嘉石的面前，然后嘉石用手轻轻抚摸了一下月影的头："月影，我把你的忧伤和忧愁都摘了下来，从此，你在我家，将会变成一个幸福而又快乐的女孩。"

月影的心猛地动了一下，当她抬头再望向嘉石的爸爸和妈妈时，发现他们笑容里充满对她的爱护、充满对生活的坦然与坦诚。

月影望着这样的目光，有一种想投入他们怀抱的冲动，望到嘉石父母的第一眼她便明白了，嘉石为什么会如此快乐和阳光，那是因为他是一个拥爱而行的人。

来到嘉石的家里，月影看到那间面向阳台的小卧室，装饰得干净而又漂亮，而嘉石却住进了父母的大卧室，一张刚刚买来的小床紧挨着父母的床。月影的心一疼，她对嘉石说："你说过，你是我的哥哥，前生就是，所以今生才会让我们从网络里相遇，再续前生的缘分。哥哥，到我房间里住吧，我来侍候你。"

在月影的一再坚持下,最后嘉石住到了阳台上,与月影只一墙之隔。

四

阳台里洒进一窗月光，月影躺倒在床上轻声问道:“哥,你睡了没有。”

嘉石没有回答。

月影打开了他与嘉城一墙之隔的窗,让自己的身体趴过窗台,伸手摇了一下嘉石的身体:“哥。”

嘉石“嗯”了一声,然后把自己的身体转向月影。

两个人正好四目相对。

月影没有把目光闪开,而是用灼灼目光看着嘉石。

嘉石看到,月影的身上披着满满的月光,一肩长发散落到了胸前,让她的五官更加精致、细腻与美丽。嘉石望着月影的脸有瞬间的幻觉出现，他以为是天上的仙女来到了人间,禁不住便对月影说:“妹妹真美。”

月影的话语里夹着生气的口气:“我不是要你说这个。我要问你为什么？”

嘉石:“你本就那么忧伤了,所以不想让再你知道更多的忧伤,再说,我的内心永远是幸福快乐的,这种幸福与快乐是精神的享受,不是肉体的疼痛所能左右的。”

两个人沉默了许久，嘉石又幽幽开口说："妹妹，你知道吗，哥哥是个特别相信缘分的人，缘来了相聚，缘去了相离。我们都无法确定我们与有缘人能相守多长时间，但我们一定要把相守的时间过得幸福而又圆满。"

月影关了窗，然后躺回自己的床上说："哥，明天我们出去走走吧？"

嘉石："嗯，明天我带你去我曾经工作的地方看看，然后我们再去襄阳古城转转。妹妹，襄阳，有你梦中描述的春天。"

此时，劳累了一天的嘉石父母打开了房门，月影望了一下手机上的时间：23点整。

五

第二天，当月影推开卧室门的时候，看到门把上挂着一袋零食，一些酸酸的山楂片和几袋小饼干。月影知道这是嘉石的爸爸和妈妈给她买的。望着那袋零食，月影感觉有亲情在渐渐包裹自己的全身。

月影先倒了水冷着，等水冷好了，她要侍候嘉石吃药。但吃药前是一定要先吃早饭的，当月影走进厨房想给嘉石弄点吃的东西时，看到月影的妈妈正好做好了两碗面条，每一碗上都放了一个荷包蛋。

月影望着嘉石妈妈瘦小的身影，只喊出了一声“阿姨”，便哽咽在了那里。

嘉石的妈妈一边走来帮月影擦拭去挂在眼帘的泪水，一边对月影说：“傻孩子，不哭，一哭就不漂亮了。”

月影拼命点头，然后对嘉石的妈妈说：“阿姨，以后早饭和哥哥早上吃药的事情我来做，昨天已经和哥哥说好了，他同意的。”

嘉石妈妈却不同意：“不行，还是我来做。”

月影便撒娇道：“不，我来做。”

嘉石妈妈眼睛里有了感动：“好孩子，你和嘉石一样的懂事。”

月影对着嘉石的妈妈轻轻微笑：“如果今天天气好，阿姨，我可不可以推着哥哥出去走走。”

嘉石妈妈连连点头：“当然可以了，嘉石早就想出去走走了，只是我们太忙，总顾不上他，总是把他自己一个人丢在家里，现在你来了，一切都好了。”

六

当嘉石吃下药的时候，嘉石爸爸从外面提着新鲜的蔬菜也回到了家中。

他先把自己的手反复洗干净，然后拿出针，兑上药要给嘉石打针。原来,自从嘉石出院再不肯住院后,嘉石的爸爸便学会了打针。

月影走向前，接过嘉石爸爸手里的针，对嘉石爸爸说：“叔叔,我来吧,在学校我学的就是护理,并且已经有了半年的实习经验了。”

此时,依在门框上的嘉石便对着月影打起了趣:“我们家哪里是来了一位妹妹,明明是来了一位保姆。”

月影望向嘉石高大的身躯,她在想,如果不是嘉石眼窝下陷,如果不是嘉石消瘦不堪,这将是怎么样一个高大而又帅气的男孩啊!

虽然初到，但月影从这个家庭里看不到一丝一毫的阴霾,看到的是积极向上和坦然面对。

盛夏的阳光那么热烈,月影对着窗,痴望外面这个陌生城市的风景。

七

吃过午饭，嘉石的父母早把那些新鲜的蔬菜摘洗干净，然后开始串成一串又一串的蔬菜串,而嘉石的爸爸开始在厨房煮大骨头汤。

嘉石让自己躺倒在沙发上看书,月影也和嘉石妈妈坐一起帮她串蔬菜串。

嘉石妈妈说:“其实,我们可以省些事,用各种大料来兑成骨头汤。但我们知道不能这样做,因为我们卖的这些串都是学生在吃,他们这些孩子都是爸爸和妈妈的心肝宝贝,我们怎么能让他们的心肝宝贝吃不健康的食品呢!”

月影便被嘉石妈妈朴实的话语所感动,想想那些不健康的食品危害了多少孩子的健康,如果每一个生意人,无论买卖大小,都如嘉石妈妈和爸爸的心一样,那该有多好啊!

说话间,嘉石爸爸端来了两碗大骨头汤,放到茶几上对月影和嘉石说:“你们每人喝一碗,喝过后可以出门去玩了,现在已经下午四点钟的时间,太阳不再毒辣。”

这些大骨头汤嘉石爸爸从吃过早饭就开始在锅上慢火煮熬,整个屋子里都充满了骨头汤的香味。月影听话地喝下了嘉石爸爸端来的骨头汤,这汤的味道浓郁而又馨香。

此时,嘉石却要起了小孩子脾气,不肯喝这碗骨头汤:“每天都喝,真的咽不下去了。”

他一脸无辜地望向月影,希望月影能帮他说话。

月影却一脸严肃地命令嘉石说:“不行,一定要喝下,要不,我不带你出去玩了。”

嘉石抗议道:“是我带你出去玩好不好?”

八

嘉石爸爸把两个人送下电梯，帮他们把轮椅折叠好，帮月影和嘉石坐上出租车才返回家中。

坐上出租车，嘉石对月影说："我带你转一圈，保证你会爱上这座城市。"

月影让自己的目光投向这个繁华、古朴而又充满现代化气息的城市，因为这里占尽山水的优势，空气是干净而又清新的，月影深呼吸了一下，转脸对嘉石说："哥，这里真的是一个美丽的地方。"

嘉石开心地笑了："当然了。"

然后对司机师傅说："师傅，我妹妹在外面生活十几年才回来，你带着我们两个围咱们城有特色的地方走一圈吧，然后我再选地方让你停，好不好。"

司机师傅和善地回答说："好的。"

月影点头答应。然后把随身带的水杯拧开，让嘉石喝水，嘉石接过，喝了几口水，把水杯又放回月影的手中。

九

到了仲宣楼附近的时候，嘉石让车子停了下来，两个人下了车，司机师傅帮他们把轮椅从后备箱里提出。

月影便把轮椅拉在了手中,对嘉石说:“哥,累了就对我说一声。”

嘉石点头答应，然后指着仲宣楼对过的茶馆说:“妹妹,我们到茶馆里小坐,然后哥给你介绍仲宣楼。”

月影给自己和嘉石要了同样的果汁,因为在网络聊天的时候,月影便知道他们都喜欢喝橙汁。

嘉石仰望着对面的仲宣楼对月影说:“妹妹,对面这座古楼叫仲宣楼,与黄鹤楼、晴川阁、岳阳楼合称楚天四大名楼。是为纪念‘建安之子’之首王粲在襄阳作《登楼赋》而建,因王粲字仲宣,故得此名。”

“水镜台咱们今天去不成了,等空了哥哥再带妹妹去,但承恩寺我们今天是一定要去的。”

月影一听要去承恩寺,立刻来了兴趣:“哥,这是我梦里梦到过的地方,我是从一本名字叫《中国佛教百大名寺》的书上看到的,承恩寺始建于隋初,盛于唐,鼎盛于明,至今已有1400多年历史。是全国最古老的寺院之一。”

“嗯,好,咱们喝完果汁就去好不好?”

“哥哥,不急的,我们以后的日子还长,慢慢看,来得及。”

嘉石没有回答月影的话，而是把自己的目光伸展到很远、很远的天际的一边。

他看到那轮圆圆的夕阳就要沉入江底,或许江底便是太阳温暖而又幸福的家吧，一定有无限的爱在家里等待它吧?

要不为什么无论这尘世多么热闹，多么繁华，它也总是不做过多留恋，而是按时回家呢。

十

当一轮明月如水洗一般挂到天际的时候，月影已经推着嘉石来了江汉月影大酒店。酒店的服务生自然认识嘉石，她们主动走来帮月影的忙，一边把嘉石从轮椅上扶起，一边帮他们折叠轮椅。

嘉石含笑对走来帮忙的服务生说："这是我妹妹月影，我想带她到咱们酒店的天台上看看。"

那服务生含笑和月影点头。

月影也对服务生微笑着。

月影发现，这个城市的人目光里都充满温和与善良，如这座时代久远的城市一般，质朴优雅，有着丰富的内涵与修养。

来到天台，月影的心一下宽广了起来，一天的炎热也被天台上的风吹散而去。月影伸开手掌，让温凉的风穿指而过。

整个城市全映在了自己的眼底，此时的月影感觉自己就站在了天堂，而人间的星光是彩色的，这些彩色的星光流动着异彩。眼底那条银色的江里，倒映着人间的楼房与星光，那一定是人间的银河了。这人间的银河是永远繁华的，人间的牛郎与织女永远都是成双成对恩爱美满。

望着这夜色里的美,月影看得有些痴了,也有些呆了。

嘉石走来,扶住天台上的围栏,与月影并肩而站:“妹妹,这下,你知道我们酒店为什么叫汉江月影了吗?”

月影点头,因为月影看到一轮明月正在汉江水里流动。

嘉石:“当我看到一个名字叫月影的女孩主动加我好友那天,正好是我上班的第一天。我便想,许多缘分都是上天冥冥安排中的注定。”

月影轻轻把头依靠在了嘉石的肩上:“哥,我这几年的笑容,加起来也没有今天的多。”

嘉石没有回答。

远处,天与地连为一体,形成一幅绝美的图画。

十一

嘉石用了三个月的时间,带月影逛遍了他们城市的角角落落,现在的月影独自走到这个城市的任何一个地方,都可以再搭上公交车返回到嘉石的家中,她不仅惊讶着,平时自己这个典型的路痴,为什么会在襄阳这个地方记路记得如此清楚。

月影突然明白,那是因为她一定要记住襄阳的每一趟公交车,因为嘉石生病住院的时候,需要她的照顾。

嘉石知道,自己的生命随时都会消亡,他的身体越来越脆弱,已经没有力气再陪月影去看风景。月影望着嘉石,从来不流泪,也从来不悲伤,因为嘉石的爸爸和妈妈都快乐地面对着嘉石。

月影对自己说,自己也一定要快乐,不能因为自己的忧伤,让这个快乐的家庭不快乐。

嘉石只要身体稍微好一点,便会立刻要求出院,他说他不喜欢医院消毒水的味道,他喜欢大自然干净的空气,大自然干净的空气里,永远充满着花儿、草儿与泥土的馨香。虽然自己已经很虚弱,但他每天吃过晚饭都要月影带他到楼下走走。

嘉石对月影说:“妹妹,你来的这段日子是哥过得最快乐的时光,爸爸和妈妈每天那么忙,我总是不想他们再为我多操心,现在妹妹来了,我可以让妹妹陪着到处走走。”

月影:“哥,我想把时间定住,不让它往前走了,这样便可以天天带着哥去散步。”

嘉石对着月影一个灿烂的微笑:“噢,原来妹妹还是一个拥有魔法的人。”

月影望着一片又一片展现在自己眼前的秋天的苍茫:“哥,我真的好希望自己拥有魔法。”

十二

这一年的冬天,雪来得非常晚,当第一场雪飘落下来的时候,已经是腊月下旬,学校的孩子都放假了,嘉石爸爸和妈妈的小生意暂时停歇下来。嘉石爸爸把自己家的电动三轮车又修了一下,变成了出租车,每天也能挣到一百多或者几十元不等。

月影和妈妈轮番在医院照顾嘉石,此时的嘉石已经不能进食,他用眼睛留恋地望着月影说:“妹妹,我真的好渴望与你一起看新年的烟火。”

月影的鼻子酸了,眼眶有些湿润,她知道嘉石真的不想走,真的不想离开爱他的爸爸和妈妈还有自己。月影硬是把泪水又咽回了肚子里,因为嘉石要她坚强。

当月影用电话把嘉石爸爸叫来的时候,医生已经把插在嘉石身体上的所有医疗器械都拔掉了。

嘉石把自己的一只手伸给了爸爸和妈妈,另一只手伸给了月影:“爸爸、妈妈,儿子不孝,要先走一步了。”

爸爸和妈妈用平静到极致的声音对嘉石说:“好儿子,你先走吧,我们知道我们的儿子是好样的,等以后爸爸和妈妈找你去的时候,我们的儿子一定会用一座大房子欢迎我们入住的。”

嘉石又把头转向月影:“妹妹,今生我们只能是兄妹情缘了，等来生吧，等来生，让哥照顾你一辈子好吗？”

月影拼命点头。

嘉石：“妹妹，好好把你的今生过好，不要想他了，他不属于你。相信你会找到属于你自己真正的缘分的，好缘分不是带给彼此痛苦，而是带给彼此幸福，哥相信你会找到带给彼此幸福缘分的人。”

月影拼命点头。

因为她除了点头，更是拼命地控制住眼睛里的泪，她怕一张口说话，泪水就会流下来。

十三

月影在正月生下了自己的女儿，取名：程思嘉。

程思嘉叫嘉石的爸爸和妈妈为爷爷和奶奶。

月影成了嘉石爸爸妈妈的义女，在一家私人诊所找到了与自己专业对口的工作。

月影用自己第一个月的工资帮嘉石爸爸买了一辆摩的，用来拉到这个城市旅游的游客。

月影妈妈就在家看孩子和做家务。

两个老人每次吃过饭带孩子去公园玩的时候，总是与一群想为自己儿女操心的大爷和大妈聚到一起，然后拿出自己儿女的相片相互交换。

他们不会强迫自己的儿女去相亲,他们相信,只要缘分到了,自己的儿女一定会找到属于自己的爱情与幸福。

在月影的眼里和心里,襄阳城很美,汉江很美,汉江孕育的万物生灵很美。而这个美丽的城市,将会成为她永远的驻地。

心若无尘爱自在

一

写完作业已是深夜十一点的时间，因为每天放学后，我都要先做完家里所有的家务，并做好饭，伺候家人吃过饭后再把锅碗洗干净，才会开始写作业。正要去睡觉的时候妈妈推门走了进来，她走向前用手轻轻地抚摸了一下我的头，然后对我说："梅，明天起你别上学了吧，帮你爸爸去卖菜。"我无语地点了点头，妈妈没有再多说什么，转身走出了我的房间，轻轻地帮我带上了门，我明明看到妈妈的一滴泪水被挤在了门缝里。

有泪水没有声息地流了下来，虽然心里早就清楚，爸爸妈妈不要我上学是早晚的事情，但当真正不让我去的时候，从内心还是不想接受这个事实。但心里却更加的明白，一个妹妹和两个双胞胎弟弟的年龄都还小，他们不能帮爸爸和妈妈干活，只有我才能帮他们，因为我是家里的老大。突然心里好恨爸爸妈妈，他们为了能有儿子，在二胎又是一个女儿的情况下,他们便带着我和妹妹来到了这个陌生的城市,然后竟然在第三胎的时候一下为我生下了两个弟弟。爸爸妈妈的心愿是了结了,但生活却更加的困苦,爸爸以卖菜来维持家里的生计,妈妈在家照顾孩子。于是,爸爸妈妈便天天盼望着我能快一点长大,这样就可以帮爸爸的忙了。我知道自己的学习机会来之不易,所以在学习中总是比同学要付出更多的努力,总想奇迹能在我的身上出现,总想爸爸妈妈看在我学习好的份上能让我继续读书,虽然知道这是不可能的事情。

第二天,还是习惯性地早早起床了,但爸爸却比我起得还早,他从凌晨四点便要起来去批发市场批发新鲜的蔬菜,批发完全天要卖的蔬菜后,便到菜场自己的摊位上卖给早起到菜场买菜的饭店老板们,一直忙到快九点的时候,在家忙完家务的妈妈,才会替换爸爸回家吃饭。此时,妈妈看我起来又背起了书包,便生气地对我说:“李梅,你真不懂事,即使有一天你真的考上大学,我们这个家也供不起你的,你看物价天天上涨,我们的生活都要有问题了。过去你爸爸批完菜回来还从外面吃几根油条喝碗豆汁,现在他都不敢从外面吃了,总是批菜回来后,卖完早市再跑家里来吃饭。”

我生气地对妈妈说:“我还有那样多的书和作业在学校,总要去拿回来吧。”妈妈不再说什么,她盛了面条要我吃了再走,我生气地对她说:“不吃,不饿。”

走出家门,却一下楞在了门外,突然有一种找不到学校方向的感觉。这是一个大雾弥漫的早晨，转过头我看到家人租住的小院是如此的破旧和狼狈。或许，这就是宿命吧？我没有眼泪流出。然后，转身又走回了家，妈妈用复杂的眼光望了望我，埋下头接着吃自己碗里的面条，自己进屋去喊弟弟和妹妹起来吃饭上学。

我独自向爸爸的菜摊走去，天还没有大亮，黎明前的路灯把我孤单前行的身影拉得很长，不知道想把我的灵魂拽到什么地方。

二

我的卖菜生涯就这样开始了。每天早晨，要比上学的时候早起两个小时，爸爸骑三轮车在前面，我骑自行车跟在后面，一起来到蔬菜批发市场批菜。我提一个大大的编织袋与爸爸分头行动，去购买新鲜的各种各样的蔬菜，然后把买来的菜放到三轮车上。等买得一个大三轮车装不下为止，我们便开始往菜市场赶。爸爸在前面吃力地蹬着三轮车，我从后面一手牵自行车，一手帮爸爸推三轮车。

此时除了用力，便是望着爸爸的背影发呆，或许自己这一生就要这样度过了，从此没有了希望，没有了理想，没有了梦。一生只为生计劳碌，如爸爸和妈妈，时间与岁月早让他们的心灵麻木，而又面目全非了。

我知道我的老师是来过我家的,因为他不想班里最优秀的学生就这样失学,但又能怎样呢?因为这个家已经不允许我再上学,没有经济能力再供我上学。虽然这次期中考试在全级我依然是排名前三的学生,但谁也无法帮我改变生活的现状,帮得了一时,帮不了一世。望着老师送到家里来的那一大摞书本,我让自己从内心断了念想,再也没有去学校的机会了,我知道。

天气一天天热了起来,已经是五月份了,如果当天的蔬菜卖不完,放到第二天再卖,剩下的蔬菜便会变了颜色非常难卖出了。为了能把当开的新鲜青菜卖完,为了多挣点钱,于是我会骑上爸爸的三轮车,然后把一块木板放到三轮车上,再在木板上放上各种各样的蔬菜,走街串巷地去卖。还别说,这样的办法还真可以,我们当天批发的菜,基本上都能卖完,就算还有点没卖掉,妈妈会炒了自己家里吃。正好妹妹和弟弟们正是长身体的时候,每天能吃到新鲜的蔬菜,也是很不错的。

爸爸一生忠厚老实少言寡语,这个家里,基本是妈妈说了算的。爸爸不抽烟,唯一的爱好便是每天披着星星回到家之后,喝上二两小酒。酒是妈妈跑到商店给爸爸打来的两元钱一斤的散酒。

因为我的帮忙,爸爸又多买了两米的摊位,菜也比过去多了,所以每天赚的钱也比过去多了许多。妈妈也开始和我直面说话了，从她的眼里，再找不到最初劝我休学时的内疚，而学校好像也一天天距离我越来越远。我开始安于现状，每天累得没有时间再思考别的事情。

或许，日子就这样平淡地永远过下去了，一生一世……

三

十八岁，正是女孩子最美丽的年龄，应该是做着美丽的梦的年龄，可是我的生活中却过早地添加进了世俗的音符，那些美丽的少女的梦，距离我是如此的遥远，遥远到我不敢去想，更不敢去触及。

很快，炎夏就到来了。阳光可以用热情和火辣来形容，又过了下午四点半的时间，我开始把三轮车推出，准备再一次去走街串巷。通过这些日子的走街串巷，我总结出来了菜在哪里可以卖得最快的经验。我喜欢跑到饭店多的街上去卖，因为经过中午的消耗，他们的菜有的不够了，便会急需补充，所以每当我走到他们饭店门口，便很快就能卖出自己的菜。

这是一家不算太大的饭店，但生意却非常的好，当老板喊住我要买我菜的时候，心里自然非常高兴，这个时候应该是店员们休息的时间，可当经过他们客房的时候，却还能听到里面男男女女行酒喝令的声音。老板一下选了我好几样菜，并且是把这几样菜全部买下。我急忙找了一个大方便袋，把老板要的菜放到厨房。

然而，一件意想不到的事情发生了，当我把菜放进厨房随老板进前台领钱的时候，突然就进来了几个警察，他们一下就把客房给堵住了，然后把里面吃饭的人全部带了出来，而其中随警察们出来的几个女孩子却是衣冠不整，我傻傻地楞在那里，不明白到底发生了什么事情。此时有几个警察走来，把老板也推到了警车上，老板本来想反抗的，可她一头长发一下被警察拽住，按在了地上戴上了手铐。我看得目瞪口呆，然后又走来两个警察一下把我的手给反扣住，好疼，我的眼泪流了出来，我无法反应，也无法用大脑思维，当我清醒一点的时候，已经和从客房里出来的几个女孩子在同一辆警车上面了。

我放声大哭了起来，拼命地拍打着车窗喊叫道："停车，放我下去，我的菜和三轮车还在路边放着呢，快停下，你们抓错人了。"我哭喊着，前面开车的司机和坐在副驾驶座上的人回头用眼狠狠地瞪着我道："不许说话，再说话把你拷起来。"我吓得不敢再说话，就那么任泪水不停地往下流着。

我和饭店的那几位女孩子一起被关进了一个宾馆的小屋子里，显然那几个女孩子也是被吓坏了，一直不说话。我不知道自己被关了多久，反正夜幕降临了许久，外面又突然下起大雨来，从心里更加害怕了起来，如果他们把我关起来不放我走怎么办？我的三轮车还在不在？那可是我们家做生意时最重要的工具呀！此时的爸爸妈妈，因为找不到我，会不会伤心，他们对我付出的爱，并不比弟弟妹妹们少，我是家里的老大，给他们分担家庭重担是应该的。

就这样一直胡思乱想着，夜幕已经降下许久，我才被两个警察叫出了小屋，他们望着我哭得红肿的眼睛对我说：“快去洗洗脸，我们把你送回家。”

一个警察对我说。我认识这两个人，他们是把我抓上车的那两个人。我总算停止了哭泣，然后被他们两个领出了宾馆，当他们准备开车送我的时候，其中的一个警察的手机突然响了起来，他便对另一个警察说：“唐队，我临时有点事情，你送这个小姑娘回家吧，可能她的家人这会要急坏了。”眼泪再一次流了出来，我对那个叫唐队的人说：“你先把我带到饭店门口吧，我的三轮车和菜还在那里放着，不知道还有没有？”

来到饭店门口，我的三轮车早没有了去向，此时的我除了哭便没有了别的办法。那个警察便对我说：“别哭了，你叫什么名字，家在哪里，我送你回家吧。”

我恨恨地望着他说：“我又没有犯法，你们为什么抓我？那个三轮车可是我们家最值钱的家当了，我和爸爸批发菜时要用它，我卖菜时还要用它呀？现在应该怎么办？”我用怨恨的目光望向那叫唐队的人。没想到他变得突然不好意思了起来：“明天我们帮你买一辆新的，现在先把你送回家再说。”

想来此时爸爸妈妈一定焦急万分地在到处寻找我,于是不敢再耽误时间,便急忙说出了我住的地址让他送我回家。

才来到家门口,房东王奶奶早在门口等我了,她看到我被警车送回了家,先是一楞然后便对我说:“梅,快去医院,你小弟弟因为在学校上学的时候跑到门口看人家买棉花糖,可他因为嘴馋,伸手去抓缠剩下的棉花糖时,被绞到手指送医院了。”

唐队从车上下来,对王奶奶说:“大娘,在哪个医院,我送她去。”

王奶奶看到从车上下来的警察是如此的热情, 又愣了愣,对我们说出了医院的名字。

四

来到医院,我六神无主,根本不知道应该怎么找才能找到家人,我除了流泪没有别的办法。这时唐队牵起了我的手奔外科,从护士站那里问到了弟弟所在的病房,又领着我直奔住院部。

我一眼便看到了站在病房外哭泣的妈妈, 弟弟用上了安定已经在睡着了,我直奔到妈妈身边:“妈妈,弟弟呢,没事吧?”

妈妈看我来了, 哭着抓住我的手说:“手指断下来了,动手术要五千块钱,妈妈没有钱呀,如果超过二十四个小时,怕你弟弟的手指难保了。”

我一听也一下蒙了,不要说五千,怕是我们此时连两千块钱也拿不出来啊。

“爸爸呢?”

“你爸爸去找平时一起卖菜的几个人去借钱了。”

突然从我的身后传出一个声音:“阿姨,我这里有钱,先用我的吧。”

转过脸来,看到那个叫唐队的警察手里拿着信用卡站在我身后对妈妈说话。妈妈一时没反应过来,愣在那里。我此时也顾不了那么多,便对妈妈说:“他肯帮忙,我们就先用他的吧,等一会爸爸借来钱,我们再还他。”

妈妈用感激的目光望着那个叫唐队的警察,一连说了好几声的谢谢。我突然从内心不再憎恨他,而是觉得他是世上最好的好人。

虽然有了钱,但我们却不知道要找哪位医生来,现在已经是晚上十点多了,也不知道能不能给立即动手术。唐队好像看出了我们的焦虑,他掏出手机打了一个电话后对我们说:“等一会外科的主治医生就来,你们放心吧。”

弟弟手术的时候爸爸从外面淋得如落汤鸡一般地回来了,他说只借到了三千块钱,当他知道是唐队帮了我们大忙的时候,和妈妈一直对他说着感谢的话,而唐队也趁这个机会把错抓我的事情对爸爸妈妈讲了，并且说明天会赔我们一个新的三轮车来,爸爸妈妈连忙说:“没有关系,不用赔,不用赔。”

爸爸问他叫什么名字，说明天一定要想办法把钱还给他。我便对爸爸妈妈说:“他叫唐队,我记住他的名字了。”

没想到他一听我这句话便忍不住笑了:“哈哈，我叫唐磊,是执法大队的队长,所以大家习惯叫我唐队。”

被他这一解释,我的脸禁不住一下红了。

但从此我记住了这个名字——唐磊。

晚上,我摊开日记本,发现自己的心是乱的,我无法用文字来描述这种心情。

我不是灰姑娘,我没有水晶鞋,也从来不敢想象自己的白马王子会来到我身边,改变我的生活,把幸福、快乐和梦想重新带回我的身边。因为自己只是一个普通得不能再普通的贫穷人家的女儿,整天要为生活而奔波劳累。

弟弟出院的时候,把家里所有的钱都用光了,还外欠八千,这让本来刚刚有点笑容的家,一下又像掉进冰洞一般的寒冷了起来。还好房东王奶奶是个好人,她说她有一辆三轮车用不着,可以借我们先用着,只是没有我们的那辆三轮车大罢了。

当爸爸在卖菜时和周围一起的人说起唐磊的帮助的时候,其中有人竟然知道他,那人说:“你是说的执法大队的大队长唐磊吧,这可是个好人,小伙子年龄不大,却认真负责,并且他是鑫冠房地产开发公司唐正德的二儿子,他们家的钱那多得就没数了。你是遇到贵人了老李,他的钱你们可以晚些日子还,没事的。"

想不到会是这样一个大人物帮助了我们,当爸爸听说唐磊家有钱的时候也松了口气,他说:"这样我心里就不着急了,真怕人家也急等钱用,而我又还不上。"

日子依然平淡地往前行走着,只是有了上次的事件之后,爸爸不敢再让我一个人走街串巷地去卖菜,他说:"咱们穷日子过的又不是一天两天的,儿女安全才是最重要的,少挣点钱就少挣点吧。"

妈妈也同意爸爸的观点。

如往常一般,我和爸爸忙碌在自己的小摊位上,突然妈妈跑来了,她气喘吁吁地对我和爸爸说:"先让周围的人帮你们卖着菜,那个唐磊和他的两个同事去我们家了,并且为我们买了一辆新三轮车,他让你们爷俩回家,说有事要找李梅。"一听说要找我,心里便如打鼓一样开始怦怦跳个不停起来,不知道他找我会有什么事情。

五

回到家,唐磊他们并没有进我们那个简陋的小屋,而是站在屋外等我们,爸爸走向前,紧紧地握住了唐磊的手,让他们坐屋子里,然后让妈妈倒水冲茶。唐磊要爸爸不要这样客气,他指着屋外的三轮车说:“我们来赔你三轮车来了,要谢应该感谢你们,那天抓错李梅,你们竟然对我没有任何的怨言,这个三轮车是我们单位赔您的,收下吧,卖菜您用得着。”

爸爸和妈妈在旁边感动得不知道说什么好。我也一时内心百感交加,突然明白了:“无论你从事什么职业,只要是凭自己的劳动来正大光明地挣钱,都是应该得到认可和尊敬的。我们从人格上从来没有落在别人之后。”

此时唐磊突然话题一转把目光望向了我,然后对爸爸妈妈说:“李梅今年十八岁,上高二,成绩突出,刚刚失学三个月,对不对?”

爸爸妈妈连连点头,然后妈妈走来轻轻地揽住了我,第一次当着外人对我说出了温情的话:“苦了这孩子了,我也知道她在她们学校每次考试都能拿全年级第一第二的,但这个家真的供不起四个学生,如果让她考上大学却不让她上,她和我们的心会更加难受。”

妈妈和我同时流下了眼泪,我也终于明白为什么妈妈会现在如此狠心地让我退学,原来她是怕我以后会有更大的痛苦。

唐磊站了起来,握住了爸爸的手对爸爸说:“她是读书的好材料,这样一个好孩子如果不读书,就这样风里来雨里去地跟你们卖菜,真的亏了她了,所以我想好了,让她白天帮你卖菜，晚上去上夜校吧，学电子计算机专业，好找工作。上学的钱我出。”

爸爸妈妈一听更感动了起来：“我们听你的，但这钱我们会想办法出，本来欠你五千元还没有还上，怎么可以再让你出钱呢。”

和唐磊一起来的同事也对爸爸妈妈说：“你们就听队长的安排吧，如果真的过意不去，等以后李梅有了好工作，再让她慢慢还吧。”

我以为我在做梦，但这是真的，我没有做梦，我真的可以上学了，并且学的专业非常的实用，只要学好了专业，我会有比卖菜更好的工作和收入。

不到下午五点爸爸便让我回到了家里，妈妈早准备好了饭菜，并且对我说：“梅，你今天第一天上学，妈妈没有钱给你买新衣服，你看这几件妈妈已经帮你洗干净了，穿哪件合适呢？”

妈妈竟然比我还要紧张和兴奋，原来幸福真的就是这样的简单和容易，我紧紧地用双手环住了妈妈的脖子，对妈妈说：“就算我在班里是穿得最差的学生，但一定会是在班里学习最好的学生。”

吃过饭妈妈便把我拉进了我的小屋，然后开始帮我梳头换衣服，望着妈妈的神情，心里突然就感动了起来，天下没有哪一个父母不爱自己的孩子的，只是往往会被现实和生活所迫,才会有点狠心。

六点的时候,唐磊来接我了,从我家到学校坐车大概需要一刻钟的时间。唐磊让我坐到副驾驶座上,一边开车一边对我说:“以后如果我没事就接送你上学放学, 如果我有事,会安排我的同事小李过来接你。”

我对唐磊点了点头。

唐磊不再说话而是专注地开起了车。我的目光情不自禁地便锁住了这个开车的警察。挺直的腰板,俊朗的脸庞,棱角分明的眉眼,一身合身的警服更显得他是如此的威武而又英俊,看着看着,我发起呆来,思绪就那么飘向了远方。唐磊突然侧脸看我,露出一抹浅笑,我一下无法把目光收回来,脸腾地便红了,然后低下头,不敢再把头抬起来。

六

九点半我准时走出了学校的大门,凉凉的风吹散了白天的燥热,连心情都变得凉爽了起来,唐磊早在门外等我,他看我走出大门,便鸣笛叫我,结果和我一起出来的陌生的同学把目光都聚向了唐磊和我。我急忙跑到车前,自己打开车门上了车。

我开始主动向唐磊讲学校里的学习情况, 他一边微笑,一边点头。

唐磊听我说完后便问我:“饿不饿，上了这样久的课,我请你去吃韩国凉面吧?”

我急忙说:“不饿,真的不饿,每天都要耽误唐大哥的时间从心里就过意不去了,你直接送我回家就好,已经好晚了。”

唐磊却把车停了下来,微笑着对我说:“已经到了,吃了再走吧。”

然后他径直下车,又走来为我开了车门。我只好听话地下了车,跟他进了一家韩国凉面馆。

这是一家不大的饭店,装饰得却淡雅而又干净,唐磊点了两碗凉面,又要了两瓶凉茶。

谢过唐磊后,我低头吃饭,不敢再多看唐磊,但不知道为什么,他的微笑却总会在我的内心闪动。

回来的路上,唐磊对我说:“李梅,以后在我面前不要这样拘谨,以后我们在一起相处的时间还很长,如果你老这样害羞和拘谨,我也会感觉不好意思的。”

我不好意思地笑了,唐磊望着我也笑了,他说:“你笑起来真好看。”

我的脸便又一下红了起来,转头望向了车窗外。

静静的夜,月光朦胧着大地,也沉醉着少女的心思,心迷醉在对美好未来的向往之中,不知道这月光能不能读懂少女初开的情怀与她心中美好的梦。从此,我的日记里就多了一个秘密,多了一个人的名字,虽然我知道这只是梦而已,但却足以灿烂我的整个世界。

白天,我依然会帮爸爸卖菜,晚上六点的时候唐磊会准时接我上学,然后九点半会等在学校门口再送我回家,慢慢地同学们都熟悉了起来,每当他们问起唐磊是我什么人的时候,我就说是我哥哥。但却也有人认识他的,说他是执法大队的队长唐磊,而你却姓李,为什么会是你哥哥呢,我便又撒谎说是表哥,但却总是会忍不住脸红起来。

每当唐磊有事不能来接我,而让他的同事来接我的时候,内心便会好失落,也会好担心他的安危,这样的男子,浑身上下充满着对生活、对事业的热爱与执著,从他身上,我学会了好多,更加自信了。唐磊也这样对我说:“梅,我发现你越来越爱笑了,我喜欢看你笑,好单纯的笑容。”他的话总能让我心动。

七

转眼便是深秋,喜欢秋天这份丰收的喜悦,喜欢秋阳的艳丽,秋雨的缠绵,那火红枫叶里寄托的是情人的相思。

这是一个秋雨缠绵的日子,因为下雨爸爸没有出摊,所以我便也一天没有出门,而是在家里复习功课。我自己家里没有电脑,平时别的同学回家或者在单位练习的时候,我要陪爸爸卖菜，但只要是在学校，我便会放下所有的心事，全身心投进学习里去，所以当初级课程要结束的时候，在班里我的打字速度是第一名，当我把这个成绩告诉唐磊的时候，他高兴得如孩子一般地笑了起来，他说："我就知道李梅是最聪明的女孩子，为了奖励你，明天我请你出去吃饭，并且有礼物要送你。"

世上没有哪个妈妈会读不懂女儿的心事的，我的妈妈也是如此，当她看到我会情不自禁地笑或者皱眉的时候，妈妈知道，她的女儿长大了，情窦初开了。但她凭直觉也感觉到了她的女儿爱上的对象是不可能成的，因为男子自身的条件和家庭条件都是如此的优越。所以妈妈的心情是暗淡的。但我的心情却是快乐的，因为知道不可能，所以只是单纯地想着他就好。如果有一天唐磊有女朋友了，我会第一个为他送上祝福，因为他已经是三十岁的人了，早就到了谈婚论嫁的年龄。大概是因为自身条件和家庭条件太优越，所以他挑选女朋友的条件才会过高，才会到现在还没有女朋友吧？

我却从心里对他在意着和敬畏着，他也一如既往地如哥哥一样关心着我。日记里，点点滴滴都是我对他的爱意。这是少女情窦初开的秘密，我知道，这个美丽的梦足可以温暖我的一生。

门外响起了车笛声，我向爸爸妈妈道了别，背起书包便飞奔了出去，飞到了唐磊的车上。唐磊："梅，只今天中午一点时间,下午我要出发,可能要一个星期才能回来,这一个星期由小李接送你,记得要好好学习,好好帮爸爸的忙。”

我点了点头,心沉了下去,要一个星期不能见到唐磊,我在心里暗暗对他说:“我会非常想念你的。”

因为心情一下变得失落起来,所以坐在车上我一直没有说话。

唐磊在一家电脑公司门口停了下来:“走,进去看看。”

我听话地下了车,然后唐磊便对老板说:“把我昨天看好的那款电脑拿来,让我妹妹看看。”

那老板好像和他非常的熟悉,笑着对唐磊说:“唐队,这就是李梅吧,好漂亮文静的女孩子。”

我一下被他说得不好意思了起来,红着脸藏到了唐磊的身后。然后轻轻扯住唐磊的衣角,把他拉出了门外:“磊哥,你不会是为我买电脑吧,我不要。”

唐磊便笑着说:“这是我们说好的,如果你考了第一,我就送你礼物,怎么能食言呢,你也答应接受我的礼物的。”

我急了,对他说:“可我没有想到会是电脑呀,这样贵重,我不能要。”

唐磊便说:“那好,你先打个欠条吧,算你欠我的,等以后你有了工作,慢慢还我,要不你工作之后前一两年的工资除了给你留下生活费外,全归我领好了。”

他笑着把电脑抱到了车上,然后对我说:“梅,今天没有时间请你吃饭了,我这就要到出发的时间,你回家看看电脑管不管用,如果感觉哪里不合适,让小李带你到这里调试就可以,这个老板是我初中同学,不用见外。”

唐磊把我送回家,然后帮我把电脑搬进屋里。我送唐磊出来,他轻轻地抚摸了一下我的头对我说:“梅,这几天我不在家要听话,等我回来请你去吃海鲜。”

我便又听话地点了点头,看着他上车、开车一直到看不到他影子的时候,才转身进了家。

八

难得是个雨天,难得能有一整天的休息时间,吃过饭爸爸就睡了, 我知道他每天也就只有五六个小时的睡眠时间,雨天一定要让他睡个足。收拾好碗筷,我把自己关进了自己的小屋里面,开始摆弄电脑。我竟然拥有了属于自己的电脑,真像做梦一样,我开心地一边唱歌,一边在电脑上练习打字,唐磊的这个朋友大概是听唐磊说我是初学电脑的,里面竟然给我装了许多关于初学者的软件,许多都如老师讲的一样详细,一时我竟然入迷得忘记了时间。

直到妈妈叫我吃饭准备上学,我才恋恋不舍地从电脑前走开, 并对放学回来的两个弟弟说:“你们不许碰我电脑,要不回来我揍你们屁屁。”这时妈妈走出来对我说:“你放心上学去吧,我帮你把门锁起来。”

很快,我听见了汽车喇叭响,便跑到我的房间里面去拿书包,可是却怎么也找不到自己的书包。突然想起,我的书包忘记在唐磊车的车后座上了。汗一冒了出来,书包里面有我的日记,如果被唐磊看到,那后果……我手足无措。

车喇叭又响了两声,我空手从家里跑了出来,上车后对小李说:“我的书包忘在磊哥的车上了, 你打电话问一下他,看能给我送回来吗?”

小李拔通了唐磊的电话,大概是唐磊让我听电话,小李把电话递给了我。

接过电话唐磊便对我说:“梅, 先和同学合用一下书吧,你的书包在我的车上,怕是要陪我一个星期了。”

我忽然不知道哪来的勇气,以强硬的口气说道:“好好保管我的书包,不许打开看。”

电话那头,唐磊连连答应:“好,我保证不看。”

一个星期的时间是漫长而又难熬的,唐磊常常会在我的梦里出现,他总是温柔地对我笑着,有时候还会轻轻地抚一下我的头发,我便感到无比温暖。

他曾对我说过,在家他最小,有一个姐姐,一个哥哥,唯独没有妹妹,所以当我是他的妹妹。他还让我在他面前不要拘谨。

只要有他在,我的心就是暖的。

唐磊哥哥，你会明白一个女孩子爱你的心么？你离我那么近又那么远。

九

一个星期的日子总算过去了。放学时间，走出学校门口，老远便看到唐磊站在车前来接我，思念与激动，让我有点忘形，我一下飞奔了过去，紧紧地用双手抱住了他："磊哥，真的是你吗，你回来了吗？"

唐磊轻轻地用双手扶住了我的肩，笑呵呵地说："你看，不是我会是谁呀？是不是想我了呢？"

脸便又红了起来，这才想了我的书包："磊哥，我的书包呢？"

唐磊说："在车上呢，走，我带你去吃宵夜。"

坐到唐磊的身边的我再也不想把眼睛从他的身上移开，开着车的唐磊突然把车停到了路边，我以为是到了饭店，可抬头一看周围却什么也没有，便疑惑地问他："磊哥，你怎么停车了呀？"

唐磊用手轻轻地握住了我的手，瞬间我感觉身体如触电一般。唐磊在我耳边轻轻呓语："被一个女孩子的目光望得心乱如麻，所以停下车来整理一下思绪再开。"

我一听急忙把脸转向了一边，不敢再和他对视。

“小傻瓜，把脸转过来。”说着，唐磊用手捧住了我的脸，要我直视他，“小傻瓜，爱我为什么不对我说？”

我无法把自己藏起来，就那么直视着唐磊，眼泪一下就涌了出来，也不知道是因为激动还是因为害怕。

“磊哥，原谅我，我真的好爱你，但我知道我配不上你，所以便把爱藏在心里，磊哥，无论你以后与哪位女孩子结婚，我都会真心地为磊哥你祝福的，因为我知道磊哥你是个好人。”一口气说出自己心底的秘密，我好像一下得到了解脱。唐磊听了我的这些话后，一下把我揽在了怀里：“小傻瓜，为什么不早说。原来，你也爱着我。知道吗小傻瓜，从那天看到你的眼泪，我便爱上了你。爱情里没有配不配，你的单纯和善良早让我心动了。知道吗?你是我一直要寻找的对象。全天下人都知道唐磊爱上了一个不懂事的小女孩，只有你不知道。我以为我是一厢情愿，毕竟我比你大了整整十二岁，每次想对你说我的感受的时候，都怕你只是把我当哥哥。现在好啦，我知道了你的心意，你也知道了我的，我们在一起吧。”

我看到了唐磊眼里深深的爱意。

幸福一下子有点让我找不到北的感觉，唐磊低下头，轻轻地把他的唇盖到了我的唇上……

第二卷

爱到荼蘼花自开

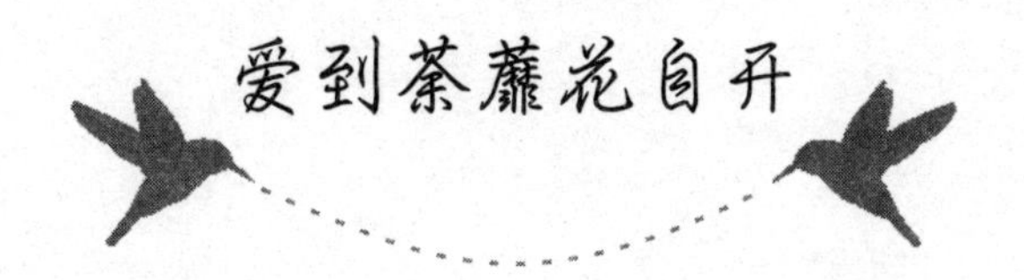

·青 衣·

五月，把整个春天的花事，都写成了歌、谱成了曲。

人世间，许多悲欢离合，随着那些落花飞舞。

青衣，站在夏天的门槛上，扭着水蛇一般的腰身，

舞着长袖，给春天深深道了一个万福。

青衣，手里的酒杯把手指扎破，

一滴血，把一个夏天染得姹紫嫣红。

不加糖的咖啡我不喝

一

十九岁，女孩子最美丽的年龄，做着女孩子最美丽的爱情梦，梦想自己的王子会在自己最美丽的时刻出现，轻轻地牵住自己的手，愿意与自己相伴到老……

同室女友离岩是个喜欢网络的女孩子，每当我们一起下班，便会拉了我一起去网吧上网。其实真的感觉无聊，也就是为了打发那些没有爱情的空闲时间罢了。离岩和网友聊得不亦乐乎，望着她在电脑前时而傻笑、时而忧伤的样子，禁不住自己也笑了，这网络看来是真的会勾引人的魂魄，控制人的喜怒哀乐。离岩望着坐在一边无所事事的我："别傻坐着啊，那不是浪费我们的血汗钱吗？这是我给你申请注册的名字，登陆上找个帅哥聊天吧。"

"风之语"，真的好美丽的名字，被离岩给我取的网名所吸引，我登陆上了同城聊天室，但要我加好友找人聊天却还是不行，不知道怎么聊，开头说什么。离岩看我实在无聊，又怕我走了不能陪她一起回去,便帮我登陆进了聊天室。“这里的人多,随便找一个聊吧,反正没事。”离岩大方地对我说。

离岩只顾和网友聊天,把我引进聊天室便不再管我。呆呆地看着那些人进进出出，呆呆地看着那些人谈天说地,这些都好像与我无关。

“你好,风之语,好美丽的名字,看你IP地址是春水人,我明天正好去春水,可以和你聊一会吗?”一个叫顾若风的男孩给我发来了私信,这是我进入游戏室以来第一个和我打招呼的人。

“呵呵,看你QQ级别还是无级,看来是刚刚上网的妹妹了,我可是帅哥啊,世上仅此一枚,走过路过可不能错过噢!”

一句话让我忍俊不禁，打破了我内心的那份恐慌与害怕:“哈哈,这样自信啊,我声明,我也是漂亮妹妹,世上仅此一枚。走过路过,可也不能错过啊!”

顾若风发来一个哈哈大笑的表情:“呵呵,那我明天去春水,你敢不敢见我啊!”

“为什么不敢,我是东北女孩,我怕谁。”

“好,有东北女孩子的直爽,那明天我去了请你吃饭,对我说都喜欢吃什么?”

“真的吗?不怕我宰你啊?”

“当然不怕,说,都喜欢吃什么吧?”

“我喜欢吃海鲜,吃对虾,吃大螃,还有腰果、虾仁、猴头、燕窝什么的……”一口气把我所能想起的菜品的名字全说了出来。

“哈哈,好,先说好了,点多少要吃多少啊。”顾若风大笑道。

“那是当然,到时我带个帮嘴的去不就可以了。”我禁不住也笑道。

风的幽默,让我在电脑前禁不住地笑出声来,离岩望着我傻笑的样子道:“你回回头,看看你周围的人都在做什么?”

回头望去,原来自己的忘形竟然得到周围人一齐送来的注目礼,脸莫名地红了起来,不敢再傻笑出声。

第一次感觉到夜的时间原来也是这样的飞快行走的,不知不觉便和顾若风聊到了凌晨,他开始命令我:“我是明早四点的飞机,差不多六点就可以到达,到时一定去接我啊,说好的不许反悔。”

“当然不会反悔,不过接不住你不能怪我啊,因为我根本就不认识你。”我狡猾地说。

“哈,这个好办,你尽管走到从通道里出来的那位最帅的那位帅哥面前,问一下你叫顾若风吗就行了,那一定就是我了。”顾若风无不自信道。

我忍不住再一次笑出声音:“这样自夸自恋啊,要是人家叫我神经病怎么办啊?”

顾若风:“当然不会,因为那就是我。”

第一次和陌生的男子聊天,不知道为什么内心竟然没有丝毫的畏惧感，好像前生我们就熟悉到再熟悉不过一般,与这个名字叫顾若风的男孩聊天,把我内心原本对网络的戒备与害怕扫得一干二净。

离岩也是不止一次地和网友见过面，每次必定拉上我。何况他是到我们的城市,当我把顾若风的聊天记录全部让离岩看后,她没有犹豫地说:“明天,我们去接帅哥,我要看看这个天下第一大吹,能有多帅。”

二

机场高大的落地玻璃倒映出两个女孩漂亮的身姿,那是青春美丽的展示,我穿了一件纯白的高领羊毛衫,离岩穿了一件与天空一样颜色的风衣,我们穿了一样的白色的马靴,机场上有好多等机的人在向我们频频地行注目礼,女孩子内心的那份虚荣在心里悄悄地得意。

天气非常好,飞机没有误点,准时到达。望着从通道里走出的人群,我和离岩一时竟然有一种不知所措的感觉,那个只和自己一聊之缘的男子到底是什么样子的一个人呢?我们为什么会这样的信任他而到这里来接他呢?思想在这一时刻起伏不定,有一种想立刻回去的感觉。

“请问,你是不是语儿?”不知道什么时候面前竟然站着一个帅气的大男孩,直接望着我的眼睛在问我。

所有的思想在这一刻停止,条件反射似的对站在身边的男子说:“你是风?”

“对,我是风,呵呵,是不是被我的帅气震住了,看到我竟然不会说话了。”风首先打破了我们初见的尴尬。

离岩在一旁惊呼道:“啊,帅气、英俊、潇洒,另外我再送你两个字:漂亮。”

从心里真的赞同离岩的说法,从来没有看到过一个男子能有如此细腻、白皙的皮肤,浓眉下那双大眼睛闪得光里带着电流,会电倒每个看见他的女孩。

“那么语儿,你用什么话来形容我啊?”风直问我道。

“如花的男子,另外,有点臭美的男子。”我直答道。其实从心里感觉到这是一个充满自信,充满魅力,而又没有经历过什么人生挫折有点自负的男子。

风听了哈哈大笑:“哈哈,第一次听一个女孩用如花的男子来形容我,第一次听别人说我臭美,这种感觉不错。不过最喜欢的还是你们东北女孩子的直爽与这份大气。”

年轻的人,年轻的心,就是这样容易接近,好像是认识了许久的朋友在拉家常一样,在哈哈的大笑声中,我们之间没有陌生的感觉。

中午风没有要我们尽地主之谊,而是真的请我们在海鲜城吃海鲜。风是个优秀的服装设计师和化妆师,他的父母在国外有自己的企业。他这次到我们这里来也是为一个极为走红的女明星做全场演出的服装设计和化妆。更让我们开心的事情是,风还免费送了两张贵宾票给我和离岩,如此知名的演唱会,许多人挤破了头都难求一票。我和离岩拿着票惊呼了起来。性格开朗的离岩还开玩笑地对风说:“从今天起我要追求你,你就是我梦里出现千百次的白马王子。”风禁不住又笑了起来,看着我说:“从今天起我要追求语儿,你就是我梦里千百次寻找的公主。”离岩很快笑着说:“肥水不流外人田,我追不到,你追语儿也可以,这样我也有得光沾。”

莫名地,我被风刚刚的话说得有点脸红……

女孩心里永远做着自己美丽的爱情梦,梦想着自己的爱情会以什么样的浪漫情节登场,会让自己心里盛满多少的幸福与快乐,但从来没有想过自己会拥有一份一见钟情的爱情。

三

一个星期后,风做完了他在我们这里的工作要返回他自己的城市了,那是一个遥远的美丽的城市,从此我们将天各一方,想到这里心里不知道为什么会有一种莫名的失落,知道他只不过是自己人生路上的一个过客,转眼就会成为陌路。或许在某天的某日,心里会突然想起,会想自己曾经认识一个如花一样的男子,他长得真的非常漂亮,他的工作真的非常出色,仅此而已。

心里有点乱乱的,手里的工作已经是熟到成为一种习惯与机械的动做,所以也不会出错,眼前总感觉有个人的影子在不停地晃动,挥挥手想让他走开,可该死的是,那份自信与自负的微笑却总是在眼前无法消散。摇摇头,从心里笑自己的傻气,如他一样的男子身边不知道有多少美丽的女孩在追求,他只不过是自己身边的一个过客,不要再傻傻地做美梦了。

车间机器的轰鸣声在告诉着我自己的身份,心里那份失落无以言表。

四

突然有几个人走进了车间,并且他们手里都捧着同样的一大束的鲜花,有女同事认识那种花的名字,几呼是惊叫着说:“蓝色妖姬。”在他们的身后走来的那人,让我有一种无法呼吸的感觉,一身白色的燕尾服,更加映衬得他一尘不染。人们往往会用天使来形容美丽的女孩子,可是这个微笑着走进来的男子分明就是天使。

鲜花把我围在了中间,那男子走到我的身边,轻轻地拉住我的手:“从第一眼看到你,便深深地爱上了你,这是九百九十九朵玫瑰,代表我爱你长长久久,答应我和我恋爱吧。”

没想到自己的爱情竟然是以如此隆重、如此浪漫的方式登场，我如穿上了水晶鞋的灰姑娘，一时不能明白自己是在现实，还是在一个电影里演女主角。但这些真的不再重要，重要的是我和一个优秀的男子一见钟情，在我深深地爱上他，并且感觉就要失去他的时候，他向我走来，并且用他特有的方式向世人证明着他也同样爱着我，这已经足够。

心从来没有感觉到会如此的柔软与脆弱，当眼泪情不自禁地流出来的时候，我把我的手，放进了风的手心，车间里同事为我们送来了热烈的掌声。

接下来的日子，我感觉自己几乎每天都是在梦中度过，感觉幸福把自己的心鼓得满满的，有点不敢让自己醒来的感觉，因了我的这份爱情，在厂子里我也很快出了名，大家知道我这个灰姑娘从网络上勾到了一位白马王子。

风为我请了假，并且主动要求要和我一起回农村我的老家看望我父母。并且在父母的面前他主动给自己的父母打通了电话，把我们的恋情向他的父母公开，这让我的爸爸和妈妈有点受宠若惊。他们从来没有想过自己的女儿能找到如此有钱、如此有才、如此帅气的男友，更加让父母吃惊的是：风的父母答应我们先订婚，并且他们会回国参加我们的订婚仪式。

美丽而又浪漫的爱情就这样轰轰烈烈地进行着，风推了所有明星服装设计的预约，他深情地对我说："我都等了三十年了，终于找到了自己心爱的女孩，现在在我心里最重要的是你，我要把我现在所有的时间都送给你，然后我们订完婚后，再一起回南方，我才会开始工作。”

真的让我好感动，原来爱情真的好美，原来爱情真的让我感觉好幸福。风，这个让我一见钟情的男子，带我走进了童话的殿堂。

一个月的时间就这样如梦一般的过去了，在这一个月里，我拥有了一份幸福的爱情，很美，真的很美……

五

在我们刚刚租住的房子里，离岩用手摸了摸我的额头，当她确定我的确没有发烧的时候开始讲话：“我以为你在发烧才会拒绝与风一起回去，这样美好的爱情你不去守住，小心被别的女孩子抢走。”

是的，我拒绝了与风一起去风所居住的城市，这在风的意料之外，也在我的意料之外，我也不明白自己为什么会拒绝和风一起走。只是感觉这份爱情让我犹如在做梦一般，并且自己一直在梦中不能醒来，我怕这份爱情来得容易也去得容易，当风为我办好一切，准备为我提交辞呈的时候，我拒绝了。

风为我租了房子，并买了电脑，他答应给我三个月的时间考虑，三个月后他会回来接我，明天风就要走了，而我的心却乱到了极点。爱风、不舍得他走，可他已经为了我耽误了三个星期的时间，这对他已经是不容易的事情。

机场，风紧紧地把我揽在了怀里："语儿，我爱你，爱你这份干净清爽的美丽，我不能没有你，你现在改变主意还来得及，答应我，和我一起走吧。"

内心的脆弱，让我的眼泪再一次地流了出来，风低下头，亲吻着我流出的每一滴泪水，感觉自己此时此刻是如此的软弱，心里在千百次地答应着："风，我要你，我想和你一起走，你爱我的同时，我也是如此的爱着你。"可是却口是心非地回他道："不，我感觉自己一直在做梦，我怕，还是给我点时间，让我冷静一下再说吧。"风没有再多说什么，只是紧紧地把我拥在怀里。

飞机起飞，带走了风，也带走了我的心。

和风约定，无论每天有多累，无论每天有多忙，我们都要在网上相聚一个小时，其实，每当我们在网上相聚的时候，我们便会如一对热带接吻鱼一般，淡忘了时间，有的只是卿卿我我，诉不尽的相思，诉不尽的相恋，冷冷的屏幕，却感觉得到彼此的呼吸与心跳。

只是一个月，风便在QQ里对我说："语儿，来吧，再不来我就要生病了，要得相思病了，世上只有你才能治好我的病，如果你再不来，我会丢下手中的一切去找你的，我已经让自己爱得无法自拔了。”

一个月时间的相思，一个月时间的网络相恋，缘份就是这样的奇妙，有的人和身边的人日日相处找不到感觉，而有些人却能在一刹那间擦出爱情的火花，并且爱得轰轰烈烈，彼此把自己的心献给对方。

六

当我提着行李站到风的面前的时候，风高兴得像个孩子跳了起来，他就那样的紧紧地握住我的手，再也不愿松开。

风住的房子是一个欧式小别墅，里面的装饰全是风自己一手设计的，清新、淡雅中不失豪华与高贵。当风把我领进这所房子的时候，他开心地指着这所美丽的房子大声宣布道：“你从今天起有女主人了，我从今天起有老婆了，从此我们将再也不会寂寞了。”

望着他如孩子一般开心的样子，听着他开心而又快乐的话语，我也跟着笑了。风望向了我，我看到风的眼睛里有亮亮的如火一样的东西在闪烁。他低下头，俯在我的耳边说：“语儿，我好想你，真的好想你，语儿，我的语儿，我好爱你，真的好爱你。”

风本来是不想我去工作的，但因为他的工作的特殊性，他还是把我送进了他父母的朋友花姐的品牌店让我去工作了。花姐经营的品牌是风国外父母创造的品牌代理商。在花姐用心的经营下，生意一直非常的红火。花姐是个性格开朗而又活泼的女人。她最不喜欢别人叫她阿姨，每当有人叫她阿姨的时候她都会说："我有这样老吗？"所以熟悉她的人都喜欢叫她花姐。风说她是个容易接近并且心地非常善良的好人。

见到花姐果然如风所形容，只是比我想象的要胖一些，笑起来两只眼睛会眯成了一条线，看上去感觉好亲切、好和善。

幸福的日子就这样往前流淌着，花姐会在风不在家的每一个日子里都会留我在她那里吃饭，因为花姐也是一个孤单的人，她的两个儿子都知道妈妈的不容易，所以一个比一个争气，大儿子已经出国留学，老二也在一所著名的大学读研，花姐每次和我聊起她的两个儿子，脸上便会有抑制不住的高兴与骄傲。

因为风经济上的宽余，我们的爱情生活是高贵而又奢华的，风会在他不在家的每一个日子里让花店的人天天送一束玫瑰花给我，里面有风在出发之前为我精心挑选的美丽的卡片，那里写的全是风对我的甜言蜜语，爱意浓浓。当风在家的时候，无论他有多么的忙，都会准时在我下班的时候开车停到我下班的路口。花姐对我说："你是真的把这个如此自负的男孩的心拴住了。"禁不住地，笑容挂上我的嘴角……

七

认识凯文是跟风参加他的一个同事的生日Party，风拉着我向他的同事们一一介绍，当走到一个叫凯文的留着络腮胡男子的面前的时候，我明显感觉到了风的犹豫，但风还是拉着我对凯文说："这是我的老婆语儿。语儿，他是我们公司的才子凯文，是个电脑奇才。"当我的目光迎向凯文的目光时，从心里禁不住打了个冷颤，我不知道这双看我的眼睛里为什么会有这样多的怨恨与仇恨，我下意识地把手放进了风的手里，有一种想立刻逃掉的感觉，从心里对凯文产生了一种惧怕与想疏远的感觉。

在回来的路上，我对风说："你那个同事凯文看上去有点怪怪的，我有点怕他。"

风听了先是一愣，但他很快恢复了自己的常态："你怕他做什么啊，如果不喜欢，以后不见他就是了，他出现的场合，以后我不领你去就是了。"

突然感觉自己好敏感，与他从未谋面，怎么会有这样的感觉呢，我用手轻触了一下风的脸，笑道："有老公的地方怎么可以没有我呢，只要有老公，哪里我都不会怕，哪怕是上刀山下火海。"我故意严重地说。

风把车停在了路边一下把我揽在了怀里，然后俯下头热烈地吻住了我……

幸福在我和风之间蔓延,爱情的结晶悄然到来。当风听到我怀孕的消息后，高兴地推掉了手中的一切工作赶了回来,他说他要给孩子一个完整的家,他想立刻与我举行婚礼。我们回我的老家春水办了结婚证,风轻轻地揽着我,不停地为孩子想着名字,看他快乐的样子,幸福在我心里也轻快地唱着歌儿。

回到了我们温馨的小家,我被眼前的凌乱惊呆了。走时收拾得非常干净的客厅,现在却是一片狼籍。沙发上横躺着一个看来早就喝得酩酊大醉的人。我害怕得一下钻进了风的怀里。

风揽住我对我说:“不要怕,他是我的同事凯文。”

头脑里一时无法反应出是怎么回事,凯文怎么会在我们的家里,他怎么会有我们家的钥匙?但这些都没有容我问出口,风对我说:“语儿,长途奔波你也累了,先回卧室休息一下,我先收拾一下。”

凯文从沙发上歪歪斜斜地站了起来:“现在的你好幸福,也好知足,全然忘记了过去的山盟海誓,全然忽略了一个人的寂寞与孤独……”

风没有容我再往下听凯文的醉语,而是把我拥进了卧室关上了门。

八

脑袋乱到不会思考，因为我根本不知道要从哪里思考？就那么呆呆地躺在床上看着天花板，听着外面的动静。惭惭地听不到外面的响动了，不知道自己发呆了多久，风一直没有进来。起身打开卧室的门，走下楼梯，客厅里灯还亮着，风也早已经把客厅收拾干净，只是冷冷的客厅里不见了风和凯文的影子，风的书房里透着灯光，想到喝醉的人一定会口很渴，下意识的我便倒了两杯水想送进去给他们。

推开书房的门……我手里的茶杯在我看到眼前的一切之后一下掉在了地上……因为我看到：凯文和风紧紧地拥在一起，他们脸贴着脸，身体紧紧地抱在一起，杯子掉在地上的响声惊动了风，他飞一样地推开凯文，跑来一下抱住了泪流满面的我……

一切都如在梦中一般，本来就感觉自己在梦里没有醒来，我听不进风的任何解释，只任由眼泪落下。风也不知道要从何解释，只是拥着我回到了卧室。

不知道自己是在什么时候哭着睡着的，醒来的时候整个卧室里已洒满了阳光。也不知道花姐是什么时候进来的，当她看到我醒来的时候，便一下抱住了我："孩子，给风一个机会，只有你才可以收住他的人和他的心，相信花姐，幸福永远属于你和风的。”

泪再一次不听话地流了出来，真的不知道到底是怎么回事？

九

在花姐的家里,风把他和凯文的故事告诉了我：

凯文恨女人,从骨子里恨女人,在凯文非常小的时候他的爸爸还没有钱,他的妈妈便跟一个有钱的男人跑了,到了后来他的爸爸有钱了，为凯文娶来了一个非常漂亮的后妈，可那个女人却卷走了凯文爸爸所有的钱跑了。

从此凯文把女人比喻成毒蛇，他不会和任何女人恋爱，他也不会爱上任何女人。

风与凯文是在大学时认识的,凯文从第一眼看到风的时候起便爱上了风，并且他想尽一切办法来和风成为朋友,风的心没有设防,直到有一天夜里凯文说自己感冒了,想和风住到一起以便有个照应,风答应了。然后在风睡到半夜的时候突然感觉有个光溜溜的身体缠向了他……

从此以后,风一直在躲凯文,但凯文却天天来找风,再后来因为风工作的原因,他接触的几乎全是出名的女人,然后他看到了女人为了虚荣什么都可以做的一面,他的眼里看不到女人美好的一面,看到的全是女人的虚荣与浮华。风突然感觉女人真的好脏,加上凯文在工作上的出色与那份特有的气质,风便再也不想和女人交往了。

风的这些事他的父母并不知情,但细心的花姐却看出了风与凯文之间不应该有的关系,花姐请来了心理医生为风治疗,风每次和凯文在一起后,总是从心里对自己说,这是最后一次,绝没有下一次了,但当他看到女人的时候却还是会有意无意地保持距离,当凯文再来找他的时候他又找不到理由拒绝凯文,直到遇到我之前。

风说他从来没有听过一个女人把男人比喻成花,然后在我的眼睛里看到了一份从来没有看到过的东西,那就是女人的干净与纯洁。风有一种强烈的想和我交往的愿望,风说他的思想告诉他,我就是他一直想要寻找的女子。花姐请来的心理医生没有治好他的心理障碍,而我却一下让他把性的观念改了过来。风说他爱上我了,是从心里爱上了我,疯狂地爱上了我,对我一见钟情。

风把他的灵魂赤裸裸地展现在了我的面前,我看到他眼睛里对我的依赖与那份热切的企盼,他希望我重新接受他,他希望我不要离开他,他希望我伴他一生一世,即使他没有说,但从他的眼神里我读懂了,也读明白了。

我轻轻地走过去,把风拉进了自己的怀里,他就像孩子一样把头贴在我的肚子上,听着我和孩子共同的心跳。是的,我的生命中不能没有风,我们未出世的孩子也不能没有风,风,我愿意与你携手共走以后的人生路,把过去忘记,把以往忘记。

十

签证很快便拿到了手,再有几天我和风要去风的父母那里举行婚礼,风辞去了他的工作,我们将会从新的地方,开始我们幸福的新生活。心依然是快乐的,因为我知道我已经完完全全地拥有了风的爱情。

静静的夜,美丽的城市散发着流光异彩,没有让出租车把我送到家门口,因为突然想走走,明天花姐要请我和风吃饭,她说这是为我们准备的送别和祝福宴,今天是我从花姐那里上的最后一个班。已是深秋,天下着细细的雨,打在脸上凉凉的,心里却舒爽极了。

远远地看到我们的房子里的灯亮着,那一定是风在等我回来,他一定不会想到我今天会回来得这样早,因为花姐对他说今天想和我多聊一会, 但我的心却早回来陪我的风了,花姐看我答非所问的样子,便放了我的行。心儿真的好欢快,我的风在家里等着我。

悄悄地打开门,客厅里的灯亮着,风不在客厅,那他一定是在书房了,我悄悄地走进书房,想给风一个惊喜,想从后面突然蒙住他的眼睛……

就这样当心还在快乐的时候，眼神却在电脑上定格，就在风没有来得及关电脑的时候，我希望这一刻自己是个瞎子，或者是世界上最傻的傻瓜：

风在和一个男子视频，是和一个赤身裸体的男子在视频，而那男子那特色的胡子，正是凯文，不，这不是真的，这一定是我又回到了梦中，要不风的电脑屏幕怎么一下便什么都没有了呢？那么我是不是失明了？怎么感觉眼前一片漆黑，于是我在一声尖叫中转身往外跑去。

不知道是雨水还是泪水，我拼命地向马路中间跑去，我希望这一刻能有一辆急驰而过的车从我的身体上辗过去，辗掉我所有的屈辱与痛苦。

十一

猛然间，我被一股强大的力量推了出去，然后我听到身后的急刹车声和一件重物被撞飞时的那一声闷哼。我的头脑已经失去了思考与反应的能力，回过头，只是眼睁睁地看着一辆车停在眼前，然后有人从上面下来，然后后面开来的车也停了下来，有人在打电话。我心里很明白，但就是动不得，黑暗铺天盖地地袭来。

当我睁开眼的时候，周围是一片洁白，我想我是到天堂了吧，轻轻地松了一口气，有一种解脱了的轻松，但当我想用大脑思考的时候,我尖叫了起来:“风,风……”

那急驶而来的车,那把我从车前推开的男子,那被撞出去的重物,我一下从床上跳了起来:“风,风在哪里?我要去找风。”我的猛力拉动让我的手感觉一阵刺痛,然后我听到咣当一声,扎在我手上的吊瓶被我带动倒在地上打碎了。我用另一只手猛地把扎在手上的针拔掉,心里只有一个概念,那就是我要去找风。

医生把我带到了风的房间,他们对我摇了摇头。

十二

被撞飞出去的重物是风,他的内脏被撞得破裂,已经大出血无法手术,我看到眼里的风脸色如白纸一样,医生说他还有最后一口气。风的眼睛一直在瞪着,在寻找着,我知道他是在等我,在找我。

我紧紧地抓住了风的手, 医生把风的氧气罩拿了下来,风微弱地张了张嘴,他已经说不出话来,只能看到他的嘴轻微地在动,但我却能看懂能听懂他说的话:“语儿,我爱你,我爱的永远是你。”

这一定是我在梦中,这一切都不是真的,全是假的,风还是我的风,充满智慧而又帅气的一个大男孩,一个长得漂亮得如花一样的男人,他是我的老公,是我肚子里孩子的爸爸。

我们还有一个星期就要在国外正式举行婚礼,我们要一同去大洋彼岸过属于我们两个人的快乐与幸福。

风最喜欢喝不加糖的咖啡,他说:“喝第一口的时候感觉好苦,再喝一口的时候感觉便没有这样苦了,喝第三口的时候便完全可以接受咖啡的原汁原味了。”

而我却是不喜欢喝这种不加糖的咖啡,我对风说:“喝一口是苦的,喝两口还是苦的,喝三口依然是苦的,我品尝不出不加糖的咖啡的甜滋味。”

十三

风从灵魂到肉体完全地解脱了,他走了,就那么轻快地永远在我的眼前消失了,或许这只是一个梦吧,从开始到结束,我一直从梦中没有醒来。我并不认识这个叫风的优秀而又脆弱的男子,他也不曾给过我一份浪漫而又豪华的爱情。这份爱情太昂贵了,这份代价也太昂贵了,我真的希望这只是一个梦。

当我体内的小生命睡着,不再用他的小脚与小拳头从体内踢打我的时候,我离开了风所在的城市,把风留给我的一笔巨款全捐给了红十字会。我知道凯文进了戒毒所,我真心希望他能在戒掉毒瘾的时候,也能把心之瘾戒掉,还自己一个健康的人生。

我拒绝了风父母想要接我去国外的建议,我只想在这个风曾经存在过的城市好好地抚养这个小生命，我会告诉他，他的爸爸——风,一直都在。

一份爱情两种时光

一

第三次与阿诚在电梯里相遇的时候，阿诚把一个纸条塞到了鱼儿的手中，鱼儿就攥着那张纸条走出工作室的大厦，没有敢回头，一直走到街心。此时，天色渐暗，一轮火红的夕阳如一个大圆球一般正向山下滚落着，接着道路两旁的路灯便渐次明亮了起来，完成了白天与黑夜的交替。

租住屋距离自己的工作室只有两条路之隔，两公里的路程，鱼儿就这样让自己怀揣着一只小鹿走回了家。

此时的曼儿正在厨房里大战，一听到鱼儿的开门声，便对着鱼儿夸张地大呼了起来："鱼儿，快来救命啊，你这破屋子里有个破厨房，破厨房里有个破抽油烟机，我直接就变成破油人了。"

一边说，一边端着两盘子菜从烟雾缭绕的厨房里跑了出来："好了，鱼儿，搞定，快来吃饭。"

鱼儿不能明白，曼儿的快乐是从哪里来的，明明是到自己这里来疗伤的，明明才刚刚失恋，却还是每天没心没肺地吃了睡、睡了吃，她来的这半个月里，让自己都胖好几斤了。

二

坐在鱼儿对过的曼儿望着魂不守舍的鱼儿，把自己的手在她的眼前一晃："招魂。"

鱼儿便把那张纸条从手心里慢慢展开，刚想看时，却被曼儿一把抢来："这么老土，是谁啊，都这年代了还写情书。"

"鱼儿好，我叫阿诚，美丽的女孩子总是有想让人认识的冲动。135XXX。"

曼儿把情书往鱼儿眼前一晃："鱼儿，这情书写得太有水平了，我的爱情去了，你的爱情却来了。"

鱼儿："你这哪里像失恋的样子，整个一乐天派。"

曼儿一边把鱼儿的手机拿到手中摆弄，一边对鱼儿说："失恋又怎样，想想我上有老的，下有弟弟的，总不能死去吧？"

鱼儿听着曼儿的谬论，噗嗤一下笑了，她的笑声还没有落地，便听到自己手机短信铃声的那滴水滴声"叮咚"一下响了。

鱼儿的心猛地一跳，急呼道："你拿我手机做了什么？"

曼儿坏笑道："给帅哥发短信联系啊，我现在短信发出去了,人家短信也回复了,下面就看你的了。”

说完把手机丢到了鱼儿的眼前,自己埋头大吃了起来。

鱼儿恨不得把曼儿给千刀万剐了,因为曼儿是这样给阿诚发的短信:“帅气的男孩子总是有想让人认识的冲动,如果你请我吃饭,我就和你交往。”

结果阿诚的回复便是一家酒店的名字,和几点相见的约定。

鱼儿一时没有了主张，当她恨恨地望向曼儿的时候,曼儿正一边吃着饭,一边用眼睛的余光偷瞄着自己。

一个主意便在鱼儿的内心生成，她收回自己愤怒的目光,把身体竖直正襟危坐,然后一字一句对曼儿道:“如果你敢去赴这个约会,接下来,我就敢和他交往。”

曼儿立刻把手掌伸了出来:“小女子一言。”

鱼儿:“八匹马难追。”

曼儿丢下碗筷便出去了。

三

鱼儿就站在窗前,望着窗外那轮明净的月光发呆。窗外的月光很美,美到如一朵圣洁的茉莉花,那么细小,却又那么馨香。

两个小时后，曼儿把阿诚领进了她们的小屋里。鱼儿心里的小鹿便狂蹦乱跳了起来。她知道自己又计算错了，她应该了解曼儿的性格，她知道曼儿会做到的，或许自己也渴望着如此吧！当她望向阿诚投来的深情的目光时，鱼儿的脸就一下红到如被太阳晕染了一般。

与阿诚约会的第一天晚上鱼儿是九点回家的，她发现此时的曼儿已经睡下，鱼儿便走到曼儿的床前，想对曼儿讲自己对阿诚的感觉，可她发现曼儿的眼角有一滴泪水挂在上面，鱼儿急忙把自己想要宣扬幸福的行动压了下去。

第二天，鱼儿出差，回来后，鱼儿与阿诚有了第二次约会，两个人一起吃饭，一起看电影，望着帅气而又稳重的阿诚，鱼儿内心有着无比踏实的感觉。鱼儿想：或许这就是爱情的感觉吧？

走出电影院已经是深夜11点，阿诚一直把鱼儿送到楼下才回家。打开房门的鱼儿，却发现曼儿睡在了沙发上，想上前推醒曼儿的时候，才发现她全身上下酒气熏天，推醒她想给她水喝的时候，曼儿的口中却在念叨着："鱼儿，你知道一见钟情的感觉是什么吗？鱼儿我把我的心掏给你看看好吗？"

鱼儿："不是说好的不忧伤吗？原来还是放不下啊？"

曼儿："你和阿诚有感觉吗？如果我把阿诚偷走，你会不会痛？"

两个女孩子就这样四目相视在了一起，曼儿望着鱼儿的紧张,一下笑了:“瞧你紧张的,只是和你开玩笑。”接着曼儿就把自己的身体扔在了沙发上,任鱼儿怎么喊,也不再回应。

四

半个月后,曼儿对鱼儿说:“我的假期满了,要回去了。鱼儿,祝你幸福。”

鱼儿和阿诚一起把曼儿送到了机场。

送完曼儿与阿诚一起返回的路上,大街两旁的店铺里,不知谁家的音响一直在重复放着一首流行歌曲,那声音沙哑而又沧桑,其中两句歌词一直贯穿着鱼儿的耳膜:“或许缘分还没有到,到了你逃也逃不掉。或许缘分还没有到,到了你逃也逃不掉……”

与阿诚漫无目的地转了许久才回家,躺倒在床上望着窗外的夜色发呆的鱼儿,突然收到了阿诚的短信:“鱼儿,爱情里没有对错,只有感觉,我和曼儿一起走了,祝你早日找到对的那个人。”

望着阿诚的短信,泪水浸满了鱼儿的明眸,鱼儿知道,初遇的美好,总是会被现实击打得七零八落。来时路上的歌词响彻在了鱼儿整个安静的空间:“或许缘分还没有到,到了你逃也逃不掉……”

爱到荼蘼花自开

生命是自己的,红尘中只能路过一次。

——题记

一

初二,刚刚开学,老师领进来了一个女孩子,这个女孩子便是柳如眉了。真的是名如其人,一米七零左右的个头,身材窈窕而又匀称,白皙而又红润的脸蛋,微微上仰的樱桃小嘴,未开口,便是先带了三分笑,浓密的长睫毛下,一双大眼睛足可以勾去人的魂魄。柳如眉是一个惊艳的女孩子,她的到来,引起了我们班男生的一片"嘘"声。老师指了指我旁边的位置对柳如眉说:"和夏雨洛坐一块吧, 她是我们班的学习委员,对你学习上会有帮助的。"

我与柳如眉是性格完全不同的两个女孩子,我安静不爱说话，喜欢学习，喜欢把老师交的每一项任务都认真完成。而柳如眉却是活泼开朗，爱唱、爱笑、爱跳。我的性格中有柔弱的一面，而她的性格中却是多了要强与任性。或许正是应了性格互补的原因吧，我与柳如眉成了好朋友。

自从柳如眉来了之后，我身边的男孩子也多了起来，总是有话无话地找我聊天问课堂上的问题，等熟悉了以后，却是有事要求我做的，那就是把他们写给柳如眉的情书让我转交给柳如眉。

从初二与柳如眉认识，到高二，我成了她情书的信使。一直以为，我在柳如眉的面前，是永远的灰姑娘，只能用自己的平凡来映衬她的出尘。

直到高三的时候，陶子插进了我们的班级。

陶子是我们班的体育委员，柳如眉是文艺委员，我是学习委员。我们三人的成绩，总是在班里攀比着上升。

陶子第一次去我家，是柳如眉拉去的。我生日，十八岁生日。

妈妈邀请了柳如眉到我家里来吃饭，本来低调的我，是没有打算过生日的，可妈妈说如此重要的成人礼，怎么可以不举行，哪怕是简单一点，也要请来你最好的朋友，见证你的成长过程。

二

妈妈在那天教会了我做她最拿手的菜:桂花糯米藕。

我知道这道菜里饱含着妈妈所有爱意的,她每年只做一次,那就是他与爸爸的结婚纪念日。也正是她的这道菜,让爸爸死心塌地地爱了妈妈一辈子,每当看到父母恩爱甜蜜的样子,我总是从内心幸福着。

妈妈每次做这道菜的时候,也总是满脸的幸福,她说,我与爸爸,是她世界的全部,是她生活的天空与大地,她生活在广阔的天空与大地之间,是世上最幸福的小女人。

今天,在我的成人礼上,妈妈一步步地教会了我做这道菜,妈妈说:"这是一道爱心菜,也是工夫菜,只有用心做,才能做出这道菜真正的味道。洛儿今天已经成为大姑娘了,妈妈希望我的洛儿在以后的人生路上,如这被糯米塞满的莲藕一般,通透甜蜜。"

那顿晚餐,我们吃得快乐而又开心,柳如眉把蛋糕抹了我满脸,陶子就笑眯眯地望着我们两个人闹,然后把妈妈做的桂花糯米藕一块又一块地塞进了自己的嘴里。灯光打在陶子的脸上, 禁不住从内心赞叹了一声:"真英俊、帅气。"

第二天放夜自习的时候,陶子叫住了我,然后把一封信放进了我的手中,说:"夏雨洛,收下吧。"然后转身便潇洒地走开了。他的身影,在夜色的灯光下闪着光,帅气而又诱惑人心。低头再看信封的封面上,醒目地写着四个大字:夏雨洛(收),而不是夏雨洛(转)。

这是一个美好的秋天,到处飘荡着桂花浓郁的清香,只要深深呼吸一下,便会内心清爽,香气怡人。我的初恋就在这样的季节里开始了, 虽然来得晚些, 却是让我感觉幸福无比。

每天吃过晚饭,在没有上夜自习之前那一小段休闲的时光里,陶子会约了我到教学楼后面那一大片梧桐林里散步聊天。陶子作诗非常棒,他会在与我四目相对时,把一首首情诗随口念出送给我,我便会用心记下,然后整理到我的私密日志里。大片大片的梧桐叶随着秋风秋雨飘落,更是为这美丽的季节增加了别致的韵味。

一切都让人美好到触手可及。

三

柳如眉对我说:"小洛, 我喜欢上咱们班一个男孩子,并且是深深喜欢,你说怎么办?"我便笑了:"一直都是男孩子围着你转,你一直就是我们学校最高傲美丽的公主,不知道是谁俘获了我们公主的心。"

柳如眉答:"陶子,我喜欢他的诗,喜欢他的人,喜欢他身体里散发出的那种味道。”

我的笑容凝固在了空气之中。

柳如眉让我做信使,把她写给陶子的情书交给陶子。我想拒绝,可是看到柳如眉期盼的眼神时,我无法把拒绝的话说出口。

陶子看了我交给他的信, 满脸的生气与愤怒:“小洛,你把我当成什么人?你难道一天都没有爱过我,你竟然不敢在自己最好的朋友面前说,你爱我?”

就这样与初恋失之交臂,我看到了陶子眼里的幽怨。

仿佛昨天,陶子还在对我说:“小洛,等我们高考的时候考同一所学校,等毕业一参加工作,我便要娶你,要你为我做一辈子的桂花糯米藕。”

而今天,与陶子同行的人却换成了柳如眉。我看到陶子面对柳如眉的笑,温暖而又暧昧。

空中细细密密地飘落着冬天的第一场小雪,我把泪水滴到了落在手心的那朵雪花的上面,雪花便瞬间融化。

与柳如眉的认识就像是宿命的安排。四年大学虽各奔东西,可当大学毕业后,我们却阴差阳错地进了同一家公司,我在财务科任出纳,柳如眉则是公司的业务部经理了。本以为柳如眉与陶子非常幸福,才知道,他们在大一便分手了。

柳如眉说:“陶子爱的永远是你——夏雨洛,我无法走进他的心里,所以便分开了。”

我淡然地笑了。陶子已经成为我的一个梦,无论是美好还是忧伤,连同他的那些诗,都只是留在记忆中翻转罢了。

四

我每天过着朝九晚五的生活,这份工作正好适合了我的性格,在平淡与安静中与流年一起轻唱着岁月之歌。如果说我的岁月之歌是一首古筝曲,那么柳如眉的流年当是一首当下的流行歌曲,并且有舞蹈相伴。柳如眉说:“我不想浪费青春时光的每一分每一秒, 我要让这有限的青春轰轰烈烈、繁华而又幸福。”

每天早上七点,我准时起床上班的时候,正是柳如眉睡觉正香的时候,每天晚上十点,我准时睡觉的时候,柳如眉此时却不知道在哪个夜总会、酒店、歌舞厅陪客户或者朋友唱得正欢,跳得正火。

不知道是第几次在电梯里与这个大男孩相遇了,他有着英俊的五官、高大而又挺拔的身躯,面部表情总是如此的淡定而又坦然。即使不说话,也总会给人一种亲切而又安全的感觉。每天,相视一笑,总是让内心温暖。

从来没有说过话,我也不知道他叫什么名字。但我知道,彼此内心那份牵挂与好感,是与生俱来的。

中秋节从家里回到与柳如眉合租的公寓的时候，已经是晚上七点了。刚刚把包丢到沙发上，手机短信铃声响起，一个陌生的电话号码，却是一场神秘的约会：

夏雨洛，我在楼顶的天台等你一起赏月。

莫念尘。

心兴奋与忐忑了起来，一张阳光而又俊朗的容颜在自己的脑海渐渐清晰。

好美的天台，与无限的苍穹离得好近好近，那颗最亮最矮的星星，就挂在了楼的一角，整个繁华的都市，在我的脚下车水马龙。美丽的紫藤花儿，一路缠绕着水泥架台，直通天堂，空气中弥满着浓郁的清香。

莫念尘："为了追求我喜欢的女孩，我已经搬到女孩租住屋的楼上来住了。"

莫念尘点燃了烟花，那烟花便直通云宵而去，在月亮的中心盛开。我抬头在看烟花的灿烂，而莫念尘把我揽在了怀中。

爱情就这样自然而然地到来，与甜蜜撞了个满怀。

五

与莫念尘相爱的第二个星期，是我的生日。拉了莫念尘的手，来到了超市，然后选了制作桂花糯米藕的一切材料。

回到莫念尘的小屋，我拥着莫念尘说："我要给你做一道爱心甜点：桂花糯米藕。妈妈就正是用这道爱心甜点，让爸爸死心塌地地爱了她一辈子。我希望你吃了我做的这道甜点以后，也能死心塌地地爱我一辈子。"

莫念尘点了一下我的鼻头说："小傻瓜，即使你不为我做这道甜点，我也会死心塌地地深爱你一辈子。"

我用刀细细地切着藕片，莫念尘从身后抱住我说："小洛，你就像一朵静静绽放在池塘深处的荷花，清新、优雅、淡然、纯洁，与尘世无染。所以从第一眼看到你，便爱上了你。"

窗外飘着细细的秋雨，莫念尘在自己天台的花坛旁边支起了一把大大的太阳伞，然后我们把烛台和做好的饭菜，放到了被那把大伞遮住了的桌子上，两把藤编的座椅，让人感觉舒服而又逍遥。

轻轻夹起一块桂花糯米藕，放进了莫念尘的口里，他细细咀嚼，品味，然后说："我吃出味道来了。"

我的目光变得热切起来，直望向莫念尘。

"是爱情的甜蜜味道。"

笑容便荡在了脸庞，我看到莫念尘望向我的目光痴了，也呆了。

六

沉醉中,手机铃声响起,是柳如眉的:“小洛,生日快乐,今天我早早回来了,为你庆生。”

我答:“在楼上的天台。”

当兴冲冲的柳如眉来到天台的时候,当我想把她与莫念尘相互介绍的时候,他们口里却同时喊出了:“怎么是你?”

我发现柳如眉望向莫念尘的目光是明亮、是幽怨而又妩媚的,莫念尘望向柳如眉的目光是生硬而又僵直的。

柳如眉端起了我喝的那杯红酒,把停留在莫念尘身上的目光拉回说:“小洛,祝你生日快乐。”

然后用手轻轻捏起一块糯米桂花藕放进了嘴里:“真甜蜜,如你的爱情。”

柳如眉在临下楼时说:“小洛, 楼下花坛的彼岸花开了,你看到了没有,好红,我许久没有看过如此红艳的花朵了。”

从柳如眉来,到柳如眉去,我没有说出一句话,只是刚刚内心满满的幸福,被忧伤一点一滴地剥蚀掉了。

细雨渐渐密集了起来,与莫念尘回到了房子里。

我指着开在花坛里的那一片绯红说:“这种花的名字叫彼岸花,鲜艳的红是如此的夺目。可散发的并不是如书中才子佳人们所描写的那种清香的味道, 而是少女血液的味道。每一朵花,都有花语,都有一段悲伤的爱情故事在里面。彼岸花是少女的血液染成，如果你不爱她，就远离她，如果爱她，就深爱。”

莫念尘深深地把我拥在了怀中：“谁说彼岸花的花叶永生不能相见，你看，那落在满地的叶子，正在用心地呵护着自己的花仙子，叶子归在了根的深处，只有这样才可以更深刻地相爱。”

说完，莫念尘低下头，深深地吻向了我。

窗外的雨，清脆而又委婉地击打着世间万物，一切的一切都成为了这调皮雨滴的乐器。

七

莫念尘是比柳如眉高一级的大学师哥，那时候的柳如眉正为得不到陶子的爱而苦恼。当莫念尘在大学生辩论会上与她针锋相对，让她输得心服口服后，柳如眉便对莫念尘说：“师哥，我爱上你了，此生，你将是我一个人的。”

莫念尘轻笑一下说：“我们性格不同，我不喜欢妖艳而又性格张扬的女孩子。我喜欢安静随和的女孩子。”

可莫念尘的直接拒绝并没有让柳如眉死心，她轻轻一笑对莫念尘说：“相信有一天，我会让你爱上我的。”

三年的时光就这样过去，莫念尘没有对柳如眉有任何的交待便在她的世界里消失。

而命运却又这样巧合地让他们遇上。

当楼下那盛开的彼岸花，只剩下一片残红的时候，莫念尘对我说："小洛，离开柳如眉吧，你们不是同一条路上的人，她的性格里多了霸占与自私，你的性格里多了忧郁、善良与寡断。"

我点头答应。

柳如眉："小洛，我此生只爱过两个男人，可这两个男人却总是与你结缘。"

我轻笑："你如午夜的玫瑰一般美丽妖娆，走过你身边的男人早已数不胜数。为什么总是要掠夺我的幸福？"

柳如眉："小洛，你相信缘分与宿命吗？"

我答："或许，与你的相识、相知、相守，便归结于宿命的使然吧。"

柳如眉如我一般轻轻一笑："小洛，你面对自己的爱情被抢走，总是这样不惊、不哭、不痛苦吗？你的淡然，让我生气。"

我轻轻一笑："莫念尘是我的，他的心在我这里，你无法抢去的。"

我看到柳如眉的目光里，燃烧出了一团火焰，让我心悸。

柳如眉："小洛，在你离开我之前，我想最后吃一次你做的糯米桂花藕。或许，从此，我们便天各一方了。"

我点头。虽然我知道，此时无法再找到荷叶。

八

莫念尘在卧室帮我收拾东西，我在厨房做糯米桂花藕，柳如眉坐在沙发上看电视，并为我们三人每人冲了一杯咖啡。

切下藕的一头，露出藕孔，我开始细细地向藕的细孔里填入浸好的糯米。

蒸煮的水中，桂花与蜂蜜的清香飘荡在整个房间里，如果此时，房间里的人，不是各怀心事，这样的情景，将是如何的幸福呢，我本来做的就是一道幸福甜点。

柳如眉喝了许多酒，说了许多话，而我唯一记住的却只有一句："小洛说的对，单方面的爱，叫单相思，双方彼此的爱，才叫爱情。莫念尘，我在大学暗恋了你三年，痴心而又痴迷。可我知道，我看上去是第一眼美女，因为太过妖娆与妩媚，所以人们往往喜欢拿我做情人，却不会真心想娶我做妻子。你也是，你与世俗的男子根本没有任何的区别，所以从此后，我将把你从我的生命里剔除。"

柳如眉醉了，当她喝完酒杯里最后一滴酒的时候，她到茶几前，端起了她冲好的咖啡放进了莫念尘的手中说："喝下去吧，没有加糖，很苦，如我的心。从此，我们将再不相干。"

莫念尘便一口气喝下了那杯早已凉定了的咖啡。

我看到柳如眉脸上有轻松解脱的笑容。

路灯把我和莫念尘的身影拉长,雪花飘落得精致而又细密,紧紧相扣的双手,向着幸福轻唱的地方一同前行。

飞蛾扑火的爱情，终究不能长久

方砖铺成的幽远小径，夕阳把许多影子投到地面上，而我的眼里，只有一个影子晃来晃去，雨水，把一些旧时光洗白……

一

静寂的午夜里，手边的那杯咖啡还在冒着淡淡的热气，思绪忧伤成了一支孤独的歌，心弦微动，便会让疼如蝴蝶一般，轻轻地舞动在这清凉的午夜。

爱上你让我惊惶失措，手足无措，失去自我。记忆之中那个午后因为邂逅了你，而让我感觉那暖暖的阳光里充满了浪漫。海水轻拍着海岸，海鸥在海面上轻舞浅唱，低吟盘旋亲吻海浪。明媚的阳光，如诗如画的美景，却无法抹去我眼底的忧伤。

你走来了,我看到了你阳光般的笑容,眼底里那份真诚与成熟的美,让我内心感动。你静静地把冰块放进我的饮料杯里,对我说:“失败并不可怕,可怕的是我们无法面对失败的心理。相信自己,相信你一定会行的。从失败中可以让我们找到自己的不足,可以让我们更加自信不是吗?”

是的,刚刚从公司里和人谈判回来,因为自己的粗心,让一份本来十拿九稳的定单,就这样落到了别人的名下,内心一下便充满了沮丧。望着你的笑容,不知道为什么就突然有了心动的感觉。卸落一心的疲惫与忧伤,我也笑了,于是,你开心地对我说:“你笑起来的样子真漂亮。”

没有敢看你的眼睛。

夕阳在海上跳跃下沉,如满载丰收的鱼船,如渔夫喝红了的幸福的脸,这是大自然付于人类最真实的美丽。

在月光还没有跃然天幕的时候,你对我说:“我感觉有点饿了,我们一起去吃点东西吧。”

我点头答应了。

我们只是萍水相逢,生意场上我们还是对手,所以对你我只是客气,但却也被你的精神和行为感动。在吃饭的时候,你没有丝毫隐瞒地向我讲起你的业务经验,又告诉我面对客户应该注意什么,应该怎么样面对客户的冷漠和刁蛮。你的真诚与那份对朋友信任的人格魅力从别人的身上我是看不到的。

二

吃过饭,已经是华灯初上,望着灯光下一对对相拥相恋的情侣们,我开始极度地思念起苏若。想想他有三天没有给我打电话了,每天只是重复着内容差不多相同的短信,如妈妈一样的唠叨:“眸儿,出门记得关好防盗门,记得别忘记带钥匙,记得多吃点,别让自己生病。”

这与妈妈的关怀没有任何差别的唠叨里,我已经看不到任何关于爱情的字眼。

突然他问道:“在想什么呀?”

拉回思绪,才发现自己的思想已经跑到五百里之外的苏若那里去了。

急忙转回头对他笑了笑,说:“你已经伴我身边半天多了,却还没有问起你的名字。”

他一听轻轻地笑了:“还以为你会粗心得想不起来问我的名字呢,紫眸。”

我一惊,他怎么会知道我的名字?用疑惑的眼光望向了他。他轻轻地微笑着说:“你大概不记得上次你们项总女儿的生日聚会了吧?我是从那次聚会上听到有人叫你的名字,记住的。”

心一下释然了。轻轻地“噢”了一声。他从自己的包里拿出了名片,放进了我的手里:“这里有我的名字和电话号码。”

艾尘,某房地产公司的业务经理。我记住了他的名字。

来到我居住的楼下,艾尘停下了车,他微笑地看着我。从来没有想过一个男子的微笑能让人如此的感动,感觉内心暖暖的,原来被人关心的时候是会非常的幸福和快乐的。他走下车来,帮我打开车门,然后对我说:“我看你进楼再走。”

我用坦然的微笑面对着他说:“好。”

电梯的门上竟然贴着纸条:“正在维修”,没有办法,只好爬楼梯。可是才刚刚走到一楼的转角,鞋跟和楼梯来了一个大碰撞,禁不住啊了一声,整个人从一楼的转角处滚了下来,脚踝处一阵钻心的疼痛袭向心头,眼泪情不自禁地一下流了下来。

突然,我被一个温暖的怀抱抱起,耳边传来急切的声音:“紫眸怎么了,怎么会从楼梯上摔下来,不哭哈,疼不疼?”是他。

来不及思考艾尘怎么会过来,我呲牙咧嘴地说:“好疼。”

艾尘把我轻轻地放在台阶上,背转了身体对我说:“来,上来吧,我背你上楼。”犹豫了一下,不好意思地对艾尘说:“这怎么可以呢,况且我家在10楼呢。”

艾尘笑了,对我说:“那你准备在楼梯上过夜呀?”

没有再谦让,我用手抚着他的肩膀,慢慢地趴到了他的背上。

三

这个背好宽厚,也好温暖。突然想起小时候,自己最喜欢趴在爸爸的背上,让他背着我上学,背着我出去玩的情景。等来到家,艾尘已经累得气喘吁吁。他把我放到了沙发上,然后问我:“家里有没有医药箱?”

我点点头,伸手指向一处:“有的,在电视柜下面第二个匣子里。”

艾尘打开了医药箱,禁不住吃惊地说道:“你经常会受伤么?这里面简直就是一个医药仓库啊。各类跌打损伤常用药,你这都能看得到呢。”

突然又想起苏若,这个医药箱是苏若为我做的,里面最多的便是沙布和红药水了,因为我时常会在不自觉的情况下把自己弄伤,最容易弄伤的便是手腕和膝盖,不知道从哪里就会让自己碰伤,身上总会是青一块紫一块的。为这苏若还非要让我把名字给改了,他说:“紫眸,你把你名字的紫字改掉吧,这样你便不会再受伤了。”

他是关心我的,我也知道苏若是爱我的,但只是在一起时间久了,已经平淡到如左手牵右手的感觉,很少有爱的激情了。

艾尘为我涂抹着药水, 我却还是有点害羞地想躲开,但看到他的笑容后,我慢慢消除了羞涩。他一边涂着药水还一边帮我按摩，手法还挺专业的，我立时就感觉不再那样疼痛了。他抬起头对我说："还好没有伤到骨头，但怕是红肿处要三五天才能好，你要休假了。"

就这样与他的目光相对，他的笑是如此的迷人，我一时无法把自己的目光拉回来。艾尘也有几秒钟的发呆，然后他站了起来对我说："不早了，紫眸，我要回家了，如果有什么事情，你打电话来就行。"

艾尘离开后，孤单突然袭进这个小屋，鼻子变得酸酸的。

拿起电话拨通了苏若的手机："若，我上楼的时候扭伤了脚，好疼，我想你来陪我。"

"宝贝，我这几天太忙了，程序设计这几天就要成功，宝贝听话，等这项工作完成后，我在这里的工作也就结束了，到时我好好陪你好不好？"

泪水再也忍不住地涌了出来。

也许苏若早就习惯了我身上经常青一块紫一块吧，正如他习惯了不在我身边一样。

四

第二天，便习惯性地想去上班，可脚的疼痛让我不得不请了假。突然觉得自己无事可做，就想让自己疲惫的身心好好休息一下，一直睡到地老天荒。

一阵敲门声把我从梦中拉回了现实，在我还没有完全清醒的时候电话响了起来："紫眸，是我，我给你送早点来了，放你门口了。"

说完，艾尘挂了电话。

我拿着电话发了会呆，手机的短信提示音响起，是苏若的："眸，青紫的地方厉害吗？记得用红药水擦一下，也不知道你什么时候才能不让自己和桌子角、沙发角再发生亲密接触。"

轻松搞笑的语气在我看来却一点也没有幽默感，我只觉得好伤心，为什么苏若就不能在我身边呢。赌气似的给苏若回复道："你把工作做好吧，我目前生命安全。"

穿着睡衣，我扶着墙走到门口，打开门，取进了艾尘给我买的早点，然后打电话给新茹，告诉她我脚扭了不好出门，让她方便的话就来陪我，顺便帮我买些日常生活用品。

一个小时后，新茹开车来到我的家，望着她大起来的肚子，为她和楚磊的幸福婚姻而祝福。新茹一进门，便直奔到床前："小宝贝，看来拥有你房间的钥匙权在关键时刻还是有用的哈，来让我看看哪里受伤了，严重不严重。"

当新茹看到我肿胀的脚踝时，大吃了一惊："怎么摔成这样子了呀？宝贝，快点和苏若结婚吧，这样便不用再一个人没人照顾了。"

我点着头乖乖地说："好，等你的小宝贝出世了，我们就结婚。”

新茹开始为我做饭，并且说:“我已经和楚磊打电话了，让他中午直接到你这里吃饭。”

我点头。

新茹、我、苏若、楚磊,我们四人是大学时同级不同班的同学,我和新茹学的是经济管理,苏若和楚磊学的是程序设计。新茹和我被称为学校的校花,在一次大学生选美活动上,我和新茹包揽了冠亚军。苏若是学校学生会的会长,楚磊是学校文学社的社长,他们都是阳光而又帅气的大男孩。楚磊是学校足球队的守门员,苏若平时看上去戴个眼镜满脸的书生气,但在运动场上他却充满了活力,我和新茹的目光总会在他们两个人的身上转,而他们也就理所当然地成了我们两个人的护花使者。我们成双成对地走在大学校园时,不知道羡慕了多少同学。

毕业后楚磊和苏若一起去了一家电脑公司,很快楚磊就和新茹结婚了。新茹在家做起了专职太太,因为楚磊的工作出色,让他们的生活衣食无忧。苏若的工作也是非常出色的,本来这次外派是苏若和楚磊两个人,但因为新茹怀孕,公司又另派了别人和苏若一起。

我们三个人吃过午饭后，楚磊要新茹把我带他们家去，说这样方便照顾我,我开玩笑地说:“照顾一个孕妇就够你辛苦的了,如果再照顾一个伤员,你就不用上班了,再说难得这样清静,我想一个人在家好好休息几天。并且有外卖可以叫,现在新茹又帮我买来这样多零食和生活用品,我不用出门照样好吃好喝了。”

他们两个人千叮咛万嘱咐地走了,热闹的小房间一下又安静了下来。

和苏若已经跑了五年的爱情马拉松了,我们真的应该结婚了。

五

一觉醒来,窗外已是灯火阑珊。一个人的空间,真的好无聊,静静的夜色,流动着它特有的美丽与魅力,灯光、星光,总是会让我的思绪里有一丝淡淡的忧伤。

坐在沙发上,手里抱着一个布绒玩具,把电视从这个台调到另一个台,目光总是会定在感情戏上,只是越看就越增加自己内心对苏若的思念,越觉得自己孤单罢了。

门铃再一次响起,心底隐隐有一丝期待。扶着墙从门镜里看到的是艾尘那甜甜的笑,期待变成了失落,我为他打开房门。

他手里提了好大一兜水果,进门就问我今天是怎么吃的,我对他说:“早上吃的你送的早点,中午是新茹帮我做的,晚饭叫的外卖。”

艾尘说:“这样太辛苦，明天晚上还是我把你扶下去,出去好好吃一顿吧。”

说话间,他把我扶到了沙发上,然后帮我按摩着伤处。我望着他认真按摩的样子，禁不住好奇地问:“你怎么还会这个？”

他回答道:“我爷爷是个医生,他一直用针灸和按摩的方法给病人治疗,我全是跟他学的。想当初爷爷是对我寄予厚望的,一心想把艾家秘方传授给我,可惜,我不争气。”

我轻轻地噢了一声。按摩完,他如和我非常相熟的朋友一般,为自己倒了一杯茶,然后拿起削苹果的小刀,帮我削了一个苹果。

喝过茶后,艾尘站起身向我告辞,并一再嘱咐我,要注意休息。他说今天我的脚已经消肿了好多。我听话地点头答应。

艾尘走后,室内只留下淡淡的尼古丁的味道,突然自己也好想抽一支烟。

我挥挥手想抹掉浮在眼前的那抹迷人的微笑，但我知道,我做不到。我被这个男子的温柔细心和微笑所深深地迷恋住了,或许是因为自己内心的孤单,想有个人陪吧?我怎么可以想除了苏若以外的男人呢？我茫然了。

今天苏若没有给我短信,也没有给我电话,他一门心思全放在了工作之上。

五天后我的脚完全好了,并且可以上班了,我打电话把康复的消息对新茹说，她说要我请客，并说因为怀孕，她的自由完全被控制了起来，在没有人陪的情况下，不准逛街，她说她快被憋成小傻瓜了。

于是中午下班后，我和新茹开心地在一起逛超市、进咖啡馆，然后又去吃了各种小吃。仿佛我从来没有过忧伤，一切的烦恼都与我无关。

因为怕累到新茹，在陪她吃过饭后，在楚磊一个电话连一个电话的催促下，我乖乖地把新茹送回了家。

六

晚上，我约了艾尘一起出来吃饭，并以此来表示他这几天对我精心照顾的感激。

艾尘穿着一身休闲服站到我的眼前，比起之前的西装革履，更多了一份随和与温暖，人看上去更精神了，其周身散发出的是那种成熟的气质。望着他一步步向我走来，心莫名地跳动得厉害了起来。

吃过饭，第一次正式邀请艾尘到我的小屋去。他虽然是我小屋里的常客，但第一次是他把我背到家的，以后的五天里，他虽然天天来，但却全是不请自来。

艾尘也很配合地当成是第一次造访，他细细地打量了一下我的小屋，评价道："装饰淡然却又不失高贵和典雅，女主人应该是个生活有品位的女孩子。”

我笑着一边为他沏茶，一边回应道：“呵呵，其实我是个粗枝大叶的人，这些装饰全是学我同学新茹和苏若的，再加了点自由发挥。”

我不知道，为什么故意把苏若说到新茹的后面，并且强调同学两个字。

把梁静茹的一首《会呼吸的痛》放进CD里，随着歌声，我们突然变得沉默了起来

在东京铁塔第一次眺望/看灯火模仿坠落的星光/我终於到达但却更悲伤/一个人完成我们的梦想//你总说时间还很多/你可以等我/以前我不懂得/未必明天就有以后//想念是会呼吸的痛/它活在我身上所有角落/哼你爱的歌会痛/看你的信会痛连沉默也痛//遗憾是会呼吸的痛/它流在血液中来回滚动/后悔不贴心会痛/恨不懂你会痛/想见不能见最痛……

艾尘的笑容就这样凝固在了这忧伤的歌声里，他的目光再望向我的时候，我知道，自己已经没有能力逃脱出这目光里的爱抚和缠绵。

艾尘把我紧紧地揽在怀里，用疯狂的吻来表达对我的思念与深深的爱意，我想逃出他的怀抱，可是我的身体却不听我大脑的指挥，完全地回应着艾尘的热吻。艾尘的手开始在我的身体上游走，这一刻，我开始堕落。当风停雨住，我如梦

初醒，瞪着大眼睛，歇斯底里地对他大喊：“你怎么可以这样，我怎么可以这样？”

艾尘紧紧地抱住我，轻吻着我的耳根：“紫眸，相信我，我是真的爱上你了，并且注意了你好久，相信我的爱，我会给你一个满意的答复的。”

我指着门哭喊着对艾尘说：“滚，你给我滚出去，我限你一分钟之内从我的眼前消失。”

艾尘忧伤地看着我，他说：“好，我走，我走。”

艾尘走了。

我对自己恼怒到了极点，我要他什么解释，我要他什么满意的答复，艾尘有一个漂亮可人的妻子，有一个美丽可爱的女儿。妻子是个幼儿教师，对艾尘总是照顾得无微不至，这是艾尘亲口对我说的。女儿更是可爱到让人忍不住便会想抱想亲想爱的地步，这样幸福的家庭，他怎么会舍得。我这是怎么了，我这是什么了，对自己说：“再不会和艾尘见面，我不可以爱上他，因为我还有苏若，这个和我恋了五年的男子呀，刚刚那一刻，苏若，你去哪里了呀？这明明是应该和你才可以有的事情，为什么会变成是别的男人？”

我的思想处于一片混乱状态。

七

一整天都飘落着细雨，中午下班后，就想给新茹打电话的，可是拔了几次电话号码，都是拨一半便又挂上了，因为我不知道应该怎么向她说。

到晚上下班的时候，空中的细雨在风中飞舞，整个夜色是忧伤与灰暗的。一个人从快餐店吃过饭后，在灯光里、细雨下往家里走去，不想坐车，只想自己就这样一个人从大街上走到没有尽头的地方。

不知不觉中走到了自己家的楼下，一个熟悉的男子声音就这样在我面前响起：“眸，你让我等得好苦，打手机怎么不接？”

这样熟悉，这样亲切，这样听了想让人流泪的声音，是的，他是苏若，是我的苏若回来了。行李还在他的脚下放着，苏若伸手把我揽进了怀里，我想从他的怀里逃脱，因为我怕，我怕苏若会从我的身体上闻到另一个男子尼古丁的味道，我怕极了，因为我昨晚才刚刚背叛过他。

苏若没有放我从他的怀抱里出来，也没有闻到另一个男子在我的身体上留下的尼古丁的味道。我的眼泪就那么一大滴一大滴打湿了苏若的衣服，苏若一边帮我擦眼泪，一边叫我小傻瓜。他说：“眸，以后，我都不会再离开你了，为了早一日回到你身边，我拼命工作，终于提前完成任务了。”

在我们相聚的时刻,苏若是如此的开心,他用一只手把我抱进了怀里,另一只手提着行李,他说他不坐电梯,要就这样把他的老婆从一楼抱到十楼, 我开始开心地笑了起来,我要苏若把我放下来,而苏若固执的不肯放我下来。

走进家里,苏若便直拉我进洗澡间,要我和他洗鸳鸯浴,他说他都半年不近肉色了,快想死他了。突然想起自己的身体上还留有另一个男子的亲吻,我从心里开始抗拒,我要苏若自己先洗,我再洗,苏若便一下又把我抱了起来:“我不仅要和我的老婆一起洗,并且还要为你脱衣服,怎么,这样久不见我,生分了吗?还是害羞了?”

我急忙对苏若说:“坏蛋,和你怎么会生分。”

苏若便说:“看来我的远程魅力还是不错的。”

说完把我抱进了浴室。我沉醉在苏若给我的亲热与爱抚中,感觉温柔而又温暖……

我想,从此苏若不会离开我了,我也不再允许他离开我。

八

早上起来,我煎了两个鸡蛋,然后冲上牛奶,才去叫苏若起床吃饭。我看得出来,苏若很开心,我让他吃过饭后去找新茹玩,我要去上班,等下班后我们四个人再一起去吃西餐。苏若很认真地回应:“遵命老婆大人。”

笑着笑着,苏若的电话突然响了起不,接过电话的苏若脸一下消沉了下去,眼圈也红了起来:“眸,我奶奶去世了,我必须要回趟老家,你知道的,奶奶她最疼我了。”

内心突然好怕, 真的好怕苏若就这样走了会再也不会回来,我紧紧地抱住苏若,不想他就这样从我的眼前再一次消失。

感觉此时自己是在做梦, 好像在梦里还没有醒来一般地送苏若去了机场,然后失落地上班,当新茹打电话来问苏若的时候,我对她说:“可能是我做梦的时候,梦到苏若回来了吧。”

一整天的时间艾尘都在不停地给我发短信打电话,我想以关机的方式来拒绝和他之间的联系,但想到苏若可能回到家后会给我电话,便不敢关机。

晚上下班,才刚刚走下楼,艾尘便站在楼梯口等我了,我先是一愣想就此跑开,但却又怕一同走下来的同事看出我的异样,还是让自己镇定地从艾尘的身边走了过去,然后艾尘一直跟在我的身后,用命令的口吻对我说:“紫眸,上车,要不我就在这里大声对全世界宣布我爱你。”

上了艾尘的车, 我冷冷地对他说:“直接把我送回家,然后滚蛋,那天的事情我们从此忘记,不许再提,不许再想。”

艾尘却还是用微笑来面对我的冷淡:“紫眸, 我没有办法,我发现我的的确确疯狂地爱上你了。”

我把头转向车外,不理睬他。艾尘的声音里充满了失落:

“紫眸,你真的让我动心,真的……”

不知道是什么时候下起的雨,我的泪水和雨水同时往下流淌着,艾尘不再说什么,直接开车把我往家里送。到了楼梯口,我连招呼没有打,下车直接向电梯跑去。

艾尘,让自己淋在了大雨里。

我快要受不了,我可能真的要疯掉了。回到家,我便直拔了新茹的电话:“茹,我完了。”

只说了这一句话,便挂断了电话。

半个小时后,新茹和楚磊用最快的速度赶了过来。我的话真的把他们吓坏了,当新茹看到我平安无事的时候,非常生气地对我说:“眸,你开什么国际玩笑,这样大的雨让我和楚磊赶过来。”

我瞪了眼睛凶新茹:“你还是哥们吗, 我伤心成这个样子,你进家门就抱怨。”

把楚磊支开,我把所有的心事讲给了新茹,新茹惊得不知道说什么好。其实,我也不知道自己应该怎么办才好。

九

一个星期后,苏若回来了,看上去是如此的疲惫,但我的心却轻松了许多,因为从此后,苏若便再也不会离开我了,并且我们开始看房子了。新茹望着我眼睛里的忧伤与疲惫,她的心里充满担忧。

一切,好像又恢复了正常。

苏若离去单位报道上班还有一些日子,所以这些天他一直在家,每天,他都会为我做了可口的饭菜等我回家。每天回到家,我不再是一个人了。这样的日子是如此的平淡而又幸福,我终于知道为什么新茹会放了如此好的工作不做,心甘情愿地在家里做楚磊的老婆了,原来幸福真的是如此的简单并让人快乐。

我想,我是真的淡忘了艾尘了,从心里,我真的不想再提这个人的名字。

吃过饭,我幸福地依偎在苏若的肩上看电视,手机短信铃声突然响起,我起身看短信:“紫眸,我在楼下等你。”

是艾尘,他怎么可以在我没有任何思想准备的情况下,就这样突然来到我家的楼下呢?苏若回过脸来问我谁的短信,我镇静了一下自己的情绪,对苏若撒谎说:“是物业处的通知,要我交水电费呢,你先等一会,我一会就回来。”

苏若一边调电视频道,一边说:“老婆快去快回哈。”

上到艾尘的车上,我几乎是在用哀求的口气在对他说:“你放了我吧,我们真的不可能的,你知道我有苏若,我爱他。”

艾尘没有说话,而是猛地把我一下揽进了怀里,然后用自己的唇狠狠地撬开我的嘴,我想把他推开,但我办不到,他搂得我要窒息了,然后心开始缥缈了起来……

我恨死了自己,为什么会再一次迎合艾尘的亲吻,我也疯了吗?

艾尘:“眸, 我的性格决定我不能游走在两个女人之间,我和妻子已经提出离婚,我要娶你。”

我猛地挣脱了艾尘:“你个疯子,不可以,知道吗?为了孩子。”

接着我斩钉截铁地对艾尘说:“我要结婚了,和苏若。”

艾尘一下从车上跳了下来:“你不敢说, 我去对他说,我对他说你已经是我的女人了。”

我一把把艾尘拽住:“你先杀了我吧!”

我哭着把艾尘赶走了,不敢回家,打电话要新茹出来陪我,然后再让新茹给苏若打电话,说我和她在一起。

十

新茹开始骂我不争气,开始骂艾尘是流氓。然后我们两个便抱在一起哭了起来,新茹感觉到了,我的感情已经偏离了正常轨道,她不知道应该用什么样的方法来救我,因为我也不知道自己应该怎么样来救自己。新茹要我理智起来,因为她知道苏若是真的爱我,我怎么可以伤害他呢。

苏若开始上班了,新茹的预产期也到了,楚磊却在这个时候出了问题。这是谁也没有想到的，因为我和新茹的心目中，楚磊永远是那么的深爱并且忠于新茹，可这天下班后的苏若第一次在我面前严肃了起来："眸，我要向你宣布一件事情，楚磊的爱情越轨了，他和我们公司的一位女孩子有关系了。楚磊非常苦恼，因为他知道他爱的是新茹。"

突然好恨世上这些以爱为理由，始乱终弃的男子，他们口口声声的真爱中，有多少是真，多少是假，新茹这样辛苦地为他生孩子，而他却在关键时刻出轨。

我气得要去找楚磊理论，被苏若一下抱住："眸，你理智一点好不好，如果你去闹，你想最伤心的人会是谁，新茹这就要生产，你不能眼看着他们的孩子生下来就没有爸爸或者妈妈吧？"

我一下变得没有了主见起来："若，你说什么办？"

苏若便对我说："楚磊想让你帮忙，跟那个女孩子说清楚。"

我苦笑了起来："他们该做的不该做的都做了，这样的事情怎么说清楚呀，应该怎么样才能说清楚呢？"

苏若说："我们也不知道，所以才会想到让你帮忙。或许女人和女人之间说起来比较方便吧。"

我和苏若还在讨论怎么解决楚磊的问题时候，我的手机突然铃声大作，电话那端传来楚磊开心却又焦急的声音："苏若，你和紫眸快来，新茹要生了。"

放下所有的事,我和苏若用最快的速度赶去医院。

没想到新茹生产得如此顺利，我们才刚刚赶到妇产科，便遇到激动万分的楚磊:“新茹生了,是个男孩,现在在育婴室,母子平安。”

楚磊双手抓住了我,用哀求的声音对我说:“眸,帮帮我,我知道你可以帮我的,看在儿子的份上,帮帮我。”

楚磊眼里不知道是悔意,还是一份无奈,或许这是人最脆弱的情感在做怪吧?

我跑进育婴室去看新茹,不知道此时的她,在经历完刚刚的阵疼后,现在的内心是怎么样的幸福,眼神里充满了初做人母的幸福,这样的眼神,大概只有初为人母的人才会体会到。

她好奇地望着自己怀里的儿子:“楚磊,你看这是我和你的儿子,这么一个小巧的生命,他竟然会哭得如此响亮。”

然后新茹又牵住我的手对我说:“眸,好好爱苏若,生孩子真的好辛苦,好疼,我现在才真正明白了做一个母亲要付出多大的代价和一颗勇敢的心。”

我紧紧地抱住了新茹。

一切当放下时,就要放下,有些爱注定是伤害。

向左是旧念，向右是柔肠

一

如水的性格里，总多了安静与平淡，我平静地过着自己的大学生活，上课的时候会认真听讲，下课的时候会和闺中密友梅一起去玩耍、戏闹，总是以一颗平淡的心看待这个世界，所以一颗心单纯着也快乐着。

当梅开始和楚风恋爱的时候，我的大部分时间便全放在了学校的原创文学社里，如果时间充足便会让自己从学校的图书馆里再坐上大半天，每当捧起书本的时候，一颗心就沉浸到书中的故事里而去。

记得是五一长假，我们这些距离家远的几个文学爱好者没有回家的打算，旅游又勾不起我们太大的兴趣，再说这个时候去旅游不是去享受，而是去受罪，到拥挤的人山人海里去受罪。于是，便有好友说：“要不我们来个同题征文比赛吧，我们用共同的题目写自己的文字，最后评出一二三等奖怎么样？”

他的建议得到了我们一致的同意，做为我们学校文学网站的总编，我自然而然成为了这次征文的评委，但也同时失去了参赛的资格。

我们这次同题作文的题目名字叫——《向左向右》。

七天的时间，通过校友网，我们收到了两百多篇征文，我忙得没有时间进图书馆、没有时间陪梅一起逛街买时髦的服装，所有的精力全用在了看征文的上面。其中一篇文章引起了我很大的兴趣，作者的名字叫——淡雾。文章的前言是这样写的：

向左向右本就是两种情愫，如果向左代表亲情，那么我希望向右代表爱情。可是，当我用心想呵护属于我的亲情和爱情的时候，幸福却悄悄从我手中溜走。

被前言感动，我无比期待地继续看正文：

这是我的故事，真实的故事。我本来拥有最幸福的家庭，可在我六岁那年，妈妈被单位来的外商给迷惑了，结果跟爸爸离了婚和外商结婚后远赴大洋彼岸。从此我的生命里少了一份亲情的庇护。不久爸爸为我娶来了后妈，生下了弟弟，从此另一份亲情也离我远去。

我拼命读书，想早日考上大学，离开这个没有温暖的家。高二的时候，我和我的同桌相爱了，因为那个女孩子望着我的眼神中，总会给我一种温暖与幸福的感觉，让我孤独的心突然有了归属感。我们学习上相互攀比，生活上相互照顾，两个少年就这样在我们最懵懂的年龄里让爱情的种子在彼此的内心里生长发芽。

我们说好要考同一所大学,同一个专业,要一生一世不离不弃。可是命运之神再一次捉弄了我,女孩在高二下半学期的时候,突然晕倒在教室里面,送到医院检查的时候,已经是血癌后期。从此我每天放学的第一件事情便是往医院跑,我要给那个女孩力量和信心,要她快点好起来,并许诺等我们一起大学毕业后,便会把女孩娶回家,我们会幸福地生活在一起。

女孩总是那样的快乐和阳光,从她的眼神里面真的看不到半点的害怕与忧伤。因为女孩对我说:"你这样爱我,所以我很幸福,我也这样爱你,所以我也要你幸福!"半年后,女孩永远地闭上了眼睛,在她的遗书里她对我说:"现在我们两个人的希望只能由你一个人来实现了, 所以你一定要努力噢,因为爱你,所以要你幸福,你知道吗,傻瓜。记得考上大学后,如果碰到爱自己的女孩子一定要把自己推销出去,到时你们一起到我的坟茔前为我送支花好吗?天堂的我,会为你们祝福的!"

本来评委在看文章的时候是一定不能在文章的跟帖里流露出来情感的,但这次我例外了,含着泪为作者作了点评,并且鼓励他要他坚强,因为那个在天堂的美丽女孩,也是这样希望的。在论坛留言里,我给这个名字叫淡雾的作者又做了一番鼓励,并把自己的联系方式留给了他。

二

再次登陆校园网的时候，我收到了这个名字叫淡雾的男孩的留言,并收到了加为好友的QQ申请。他是个话不多的男孩,从聊天中知道他和我们同级,在摄影系。他说早知道我的名字,就是没有缘分认识,他说也喜欢我的文字,喜欢我文字里那份淡淡的伤,但却又从来不会放弃自己内心的理想。

我问他:“故事是真的吗?”

他答:“是真的,是我亲身经历。”

内心有一根最柔弱的弦，被这样的话语所轻轻触动,我主动约他道:“有时间一起喝杯咖啡吧。”

他痛快地答应了下来。

正是春夏交替的季节,很朦胧的月色,很温暖的气氛,有大朵大朵的桐花开满了枝头，香味弥漫在流动的夜色中。我们在距学校不远的一个名字叫蓝月亮的咖啡厅里见面了。其实梅看到淡雾的第一眼便惊呼了起来:“这是我心目中的白马王子啊，傻竹你还记不记得，我们刚刚入学的时候,我说喜欢上一个同级的男孩子的事情吗?就是他,可惜他不理我。”

梅的这些话在我耳边说完的时候,那个叫淡雾的男孩也正好走到了我们身边。我主动与他打了招呼,当他看我的时候,我发现他的神情震惊了一下,不过很快又恢复了平静。这是怎么样的一个大男孩呢:英俊、挺拔、帅气,可眼光里又多了一份淡淡而又难以抹去的忧伤。

我知道,他写的那些故事,在他身上是真真实实发生过的。这样的痛,他需要用时间来抚平。那一刻,我真心希望他能快乐起来。

淡雾是个孤独的大男孩,因为他的不善言语和那份忧伤,所以他身边的朋友不多,真心的朋友更是没有,但他的成绩却是非常优秀的。他是摄影系的,学校隔些日子都会让他们出去写生,淡雾往往会用一种敏锐的目光,捕捉到别人看不到的美丽,连他的导师都说他是摄影天才。

自那次约会后,淡雾好像便视我为好友了,每次打开QQ,只要看我在线,便会主动招呼。每到周末,淡雾都会约了我,到我们第一次相见的咖啡厅里,一起喝杯咖啡。

就这样,平平淡淡地与他交往了一个夏天,他不怎么爱笑,但每当我讲到好笑的事情的时候,他会微笑地望着我,这样就让我很知足了。他笑起来的样子真的好可爱,也好阳光,虽然只是淡淡的。

三

那是一个秋夜,也是一个周末,我与淡雾相约去喝咖啡,那晚月色真的好明亮。我穿上了与梅一起刚刚买来的白色的连衣裙,把自己的长发散落披在了身后。当我走到淡雾身边的时候,敏感的我看到他的目光里有一种让我无法理解的情愫,是疼吗?是爱吗?我猜不透。本来是相约喝咖啡的,可那晚淡雾改变了主意,他说想去喝杯啤酒,我没有拒绝他。

我们进的是一个西式餐厅,大厅里放的音乐是《蓝色多瑙河》,我们选了一个角落坐了下来,那晚淡雾真的喝了不少的酒,但他说他没有醉,当我们从餐厅走出来,我主张打车回学校的时候,淡雾没有同意,他说:“我想慢慢和你一起走回去。”

就这样我们一起走回了学校,可淡雾却还是不愿意回宿舍,而是在我们校园里逛了起来。从春天到一个秋天,我们初识时桐花开得正欢,此时,却是桐叶飘落一地。想想淡雾性格里的冷漠,我无法定位我们到底属于什么关系。

当我们一起走到学校那条小桥边的时候,月光是如此的朦胧,风儿轻吹,撩拨得柳枝儿轻轻地扭动着腰肢,舞动着自己最绚丽的美,风吹起了我散落在身后的长发,散发出情窦初开的少女特有的清香。淡雾停住了脚步,把双手插进了我的秀发里面,然后把我深深地用力地揽在了怀中,我听到了他口里的呓语:“可儿,不要离开我,没有你,我已经没有了快乐。”

泪水情不自禁地流落了下来,我没有挣脱淡雾的怀抱,含着泪抬头望向了他的眼睛,我看到了他此时的思想,是思念里包含着痛苦与忧伤却又从内心渴望着被爱的情感。淡雾的唇就这样盖上了我的唇,我深情地回吻着他,希望他能感觉到我对他深深的爱恋。

我知道,他需要这份安慰与温暖。那晚,我知道了淡雾为什么喜欢和我在一起的原因,原来我的相貌尤其是我的眼睛和背影像极了他的初恋女友,一个名字叫可儿的善良女孩。这也是他看到我的第一眼,有点震惊的原因。

那晚,我的初吻献给了这个大男孩,虽然他不知道,因为他醉了,虽然我只是那个名字叫“可儿”的女孩的替身,但我没有后悔。

当我和梅说起我爱上淡雾的时候,遭到了梅强烈的反对,她说一个心中装满了别的女孩的男子,已经没有位置可容我,这份爱情会伤到我。但我听不进去,我被淡雾目光里的迷离所吸引,我被他的忧伤所打动,我义无反顾地爱上他了。

正如我的好友梅所说,爱上他真的让我很累,因为我难以走进他的内心,慢慢地我变得不快乐起来,忧伤与失落让我找不到自己。文字成为了我心情的释放口,在一篇随笔里我这样写道:“因为太爱你,所以我在你的面前如一粒卑微的尘埃,随着你所想要的方向,不停起舞,不停献媚,忘记伤痛,忘记辛苦,忘记疲惫,忘记了自己是谁!"

淡雾有时候会对我很好,他会说:"既然爱了,就要用心的、好好的相爱,所以我会珍惜你。"

每当他这样对我说的时候,我会感觉幸福充满了胸膛。可每当他想与我亲热的时候,我总是会感觉他有一种心不在焉的情愫在里面,我知道我自己是那个可儿的替身,这个时候的疼是无法用语言来表达的,我真的希望自己是那个可儿,可以在天堂快乐地生活着,不被尘世的情爱所困扰。

其实,在学校我也是个很优秀的女孩子,在我们学校我是原创文学社的总编,因为所学专业与媒体有关,虽然才刚刚大二,我已经在几家知名的媒体刊物上发表了许多的文字,并出版了几本长篇言情小说。我的美貌也是学校男孩子公认的,身边追求我的男孩子很多,其中比淡雾优秀的男孩子更不在少数。

正如梅所说:"无论你选择哪一个追求你的男孩子,你都会很快乐,你却选择了痛苦的爱情。"

四

在爱与疼中,一起与淡雾度过了两年多的大学生活。大四的下半年,淡雾有一天突然来找我:"竹,我妈妈来了,她想让我出国。我想与你一起和她见面,我要让她知道我已经有女朋友,不想再出国。我想去你的城市找份安定的工作,然后和你平平淡淡、恩恩爱爱地度一生,好吗?”

我与淡雾的妈妈见了面,她是一个高贵的女人,她看淡雾的眼睛里有关爱,有思念,有心疼,有愧疚,而看向我的目光里却隐藏着鄙视与恨。这是我后来才领悟到的。我们三个人的那次相聚很快乐,淡雾的妈妈并没有明确反对我们的爱情,相反,她对我是友好和热情的。但我们才刚刚散开不久,淡雾的妈妈却突然又给我打来了电话,想单独和我谈谈。我没有理由拒绝,便赴了她的约。

她说出了自己在国外这些年对儿子的牵挂、思念与那份伤害的歉疚,她说她想弥补欠儿子的一切,她求我放弃他的儿子,因为她在国外已经为自己的儿子安排了一个美好的前程,她求我不要当他儿子美好前程的绊脚石。

“绊脚石”,两年半的感情,就这样被这三个字击得粉碎。

五

我决定离开的那晚,淡雾陪着我喝得酩酊大醉,我对淡雾说了许多感性而又挚烈的话语,然后我们用最温柔的方式接吻,我的心被爱情之火烧得真的要爆裂了,那晚我丢下了所有少女的羞涩与矜持,用最热烈的姿势迎合着他所有的爱抚与热吻,然后我们完成了人生最重要的结合。

第二天,我在原创文学社的社区里,发自己最后的一个贴子:

云把翅膀供给了风

风把翅膀供给了梦

梦里下着雨

许多落花

端坐在风的翅膀上

望着尘世的繁华与凋零

那把落在梦里的油纸伞

如果再向前滚动一下

便会把一池湖水砸出皱纹

一大滴雨水

连同那些花瓣

在不知所措里

都落在了那个女孩孤单的背影上

向右,我已经没有了爱情,向左,我的父母正伸开双手,准备为我抚平一路的伤疼。

所以我选择了回到父母的身边工作。

四个月后,我通过了学校的毕业考试,拿到了大学毕业证书,那次回校我没有见到淡雾,听梅说,他已经随她的妈妈去国外了。再四个月后，我在父母为我联系的一个城市里生下了一个男孩，然后被父母送到一个乡下的亲戚家里寄养。我回到了父母的身边，做他们的乖乖女，同时我也成为了我们小城晚报“青未了”版面的一名编辑。

曾经那个口口声声不要跟梅到我们小城工作的楚风，却跟梅来到了我们的小城，梅成为我们当地一个有名经纪公司的化妆师，这个经纪公司已经包装出来了好多在全国知名的大腕明星，楚风凭着自己英俊的相貌和一口标准的普通话，成为了我们电视台晚间新闻的节目主持人。

父母、梅和楚风最关心的便是我的终身大事，她们不止一次地要求我把自己的终身大事放到第一位，可我总是轻描淡写道：“莫急，当来时，自然就来了。”

三年的时间，三年的人生之路，不算长，也不算短。我已经从我们小城晚报的版块编辑，成为这个晚报最年轻的总编。梅和楚风的女儿也一岁了，我的儿子也已经两岁半了，他被我父母接回到了身边。在这三年里，我拒绝了所有追求我的男子。

六

结束了回忆，把流落脸颊的泪水轻轻拂去，儿子不知道什么时候走到了我的身边，手里捧着一杯加了糖的咖啡要我喝。儿子长得太像淡雾了，所以每每看到孩子，我的心就会充满许多的思念，孩子是可怜的，所以我会给他我所有的爱。

或许我的一生就要这样平平淡淡、无爱无欲地度过了吧？在梅没有把那个满目沧桑的男子带到我的面前之前，我的思想一直是这样认为的。

那是一个平常的日子，刚刚下过雪的晴朗的日子，室内的暖气开得很足，太阳暖暖地照耀着大地的时候，总会给人一种温暖的感觉。

我正在办公室里通过邮件看作者的来稿，梅突然电话打来："傻竹（我名字叫馨竹，因为她一直认为我是世上最傻的女人，所以就叫我傻竹），我命令你放下手里一切的工作，用最快的速度下楼。"

听到她急促的声音，我以为她发生了什么大事，不敢怠慢，急忙跑下楼去。

当我走出电梯，看到与梅站在一起的那个男子的时候，我知道，我可能呼吸短路了，因为我看到了一张充满疲惫、满目沧桑却让我日思夜想的脸。我站在原地，不能走路不能呼吸，不能发出世上任何一种语言时，那个男子走来用手搂住了我，然后俯下头，用最深情的吻，来诠释我们经年来的思念、爱与恨的复杂情感。

三个月后，我和淡雾还有我们的儿子站在了一座坟茔前，把一大捧玫瑰献了上去，淡雾深情地对坟茔里的女孩说："可儿，我知道你最大的心愿是要我带着我心爱的女人到你的坟茔前，为你献上一大捧玫瑰。今天我带着我心爱的女人，还有我们的儿子，来给你献花了，可儿，我知道你永远是最快乐的，可儿，祝福你，你也祝福我们吧！"

向左，我的亲情无限；向右，我的爱情花正艳。

听青春里樱花盛开的声音

女孩总是喜欢做梦的，女孩也总是喜欢幻想，在女孩的内心深处，总是梦想着有一段浪漫的爱情故事发生在自己的身上，自己是这个故事的主角。

从来没有想过自己的爱情竟然是以这样的方式来到了我的身边，曾经以为这个男孩，将会是我一生永远的幸福……

一

我是一个开情侣精品屋的女孩，精品屋的名字叫“流星天使”，花店的生意在平时并不算太忙，除了给结婚的新人扎捧花，便是用自己的双手编一些精致灵巧的手工艺品出售。每年的情人节、七夕节我都会忙得一整天都顾不上吃饭，我不停地用自己纤细的双手扎着一个个漂亮的花篮，然后送到一对对情人的手中,看他们快乐,我也快乐。那一对对情侣从我的手中接过玫瑰花时,幸福便在他们交汇的目光中流动。花的清香渲染着这份幸福,我的心便也和他们一样的陶醉了。

夜慢慢地沉了下来，霓虹灯透过窗户玻璃照了进来,使屋里的玫瑰越发妩媚与朦胧了起来。当我准备关门的时候,一个高高大大的男孩站到了我的面前。

他手里捧着一大束黄玫瑰:“你是我看到的最漂亮的卖花女孩,我已经在对面看你好久了,希望你能收下我这代表友情的玫瑰花。”

一时不能反应过来他是在跟我说话，还往左右看了看,却没有发现有别的女孩。我疑惑地向他望去,看到了一双浓浓的大眼睛里写的全是真诚。自从开了这个花店,我天天在为别人送花,却从来没有收到过别人送的花。和所有的女孩一样,我也希望有男孩为我送花。望着这个大男孩眼睛里的坦诚,于是,我收下了男孩送我的花。

然后,他向我挥挥手走了。在他转头的时候,看到了他阳光般的笑容,看到路灯把他的身影拉得好长……

二

第二天是个明媚的日子,阳光暖暖地照射着大地,透过窗也照进了我的小屋,喜欢用欢快的心情把自己的小屋打扫得干干净净、一尘不染；喜欢把新鲜的花儿插进花瓶，打开音乐；喜欢安静地坐在小屋里编织手工，让快乐与温馨在整个小屋流淌。

最喜欢把自己的长发披在脑后，为自己化一个淡妆，让自己清新自然地迎接每一位来这里的情侣，只希望他们能感觉到一份赏心悦目的美的享受。

当我打开小屋的门的时候，阳光一下子全跑了进来，同时在阳光下站着一个漂亮的大男孩，我一眼便认出是昨天送我花的男子。从来没有想过要用漂亮这两上字来形容男子，但当这个大男孩站在阳光下对我微笑的时候，真的感觉他长得好漂亮。浓浓的眉毛下，那双眼睛明亮如星，一身洁白的运动服，身材高挺俊拔。

阳光下他在对我微笑，心里不知道为什么竟然莫名地动了一下，请他进了我的小屋。大概年轻人的心是最容易相通的吧，大概年轻人的心是最没有距离感与陌生感的吧，大概是因为我是开精品屋，从别人的眼神中便可以看出他的为人的吧？对这个男孩，不知道为什么一下子便从心理上接受了他。

从聊天中知道他的名字叫云磊，是艺校美术系大三的学生，从此他成了我这里的常客。

三

每到双休日，云磊都会不请自来地跑到我的小屋里帮忙，在不忙的时候，我会用彩带编织出各色的玫瑰花与荷花插进花瓶里，还会把我自己编织的风铃用幸运星和紫色的小铃铛拴在一起挂在小屋里，居然也很受欢迎呢。在我做手工的时候，云磊的眼光会一直随着我的手指转动，他总是惊叹于我手指的灵巧，并且他最喜欢用笔和纸把我编织时的手的动作用素描的方式画下来送我，他对我说："这是他看到过的世上最灵巧最漂亮的一双手。"

不知道为什么，我开始对云磊有了好感，他的笑容总是那样的阳光，那样的开心与快乐。总是希望双休日的那两天能快点到来，总是怪着双休日的那两天去得太快。

又是双休日，云磊还是起了一个大早赶来，这次他背来了他的画夹，进门便先给了我一个灿烂的微笑，然后对我说："今天天气真好，你瞧，外面的柳树都要抽出新枝了，樱花已经开了。"

突然想起，自己好久没有出去玩过了。但想到自己从来没有和男孩一起出去过，心里还是有点拘谨，便打电话又约了同学韦嫣一起去。

四

韦嫣正如她的名字一般，是个美丽而又热情如火的女孩，她性格开朗活泼，爱说爱笑，并且她换男朋友如换衣服一般的勤快，但不知道为什么，两个性格有如此大差异的女孩子却能成为最好的朋友。韦嫣自己开了一家舞厅，大概是因为她性格的原因吧，她的生意火爆，所以自从她开了舞厅后，我们晚上几乎没有再在一起玩过。但她还是喜欢在她换了新的男朋友的时候领来我的小屋里让我看，并且按她的话说，我是个冷血动物，不是冷血动物也是个心理发育不正常的人，都二十二岁了竟然还从来没有谈过恋爱，还从未对男孩子动心。

她就是这样的女孩子，总会把她的心思毫不保留地全说给我听。

不一会我的门前便停下了一辆红色轿车，从车上走下一位漂亮而又活泼的女孩，不用猜也知道是韦嫣来了。她走路还是那个样子，就像在轻飘飘地踩着云朵一般，脚步真的是好轻快，或许她天生就是为舞蹈而生的吧。

刚刚进屋还没有等我介绍，她便提高了嗓门对着云磊和我直呼了起来："我说你怎么不找男朋友，原来有这样一位漂亮的帅哥啊。"

我的脸腾的一下便红到了脖子根："你瞎说什么啊，我们只是朋友。”

然后偷眼望向云磊,没想到他也正在望向我,四目相对,我的脸红得更加厉害。

“哈哈,说好了不是男朋友啊,这样帅气漂亮的男子可不能落到别人手里,不是你的我可要去追求了啊。”韦嫣直呼道。

还没有等我们开口，她又看到了我红到了脖子根的脸，便更加开心地笑说道:“不是就不是罢,为什么还脸红啊？”

说着伸手来摸我的脸。

我把她的手打落:“这样多话,你去还是不去啊,不去我们走了啊。”

韦嫣道:“当然去了,不去就不来了。带上你的古筝,好久没有听你弹了,春风、樱花、古筝,还有一位画家,再加上一个跳现代舞的女郎,想想就是一件浪漫而又不可思议的事情。”

我笑着对她摇了摇头,知道她是个机灵而又想到哪儿说到哪儿的女孩。

五

一路上惊叹着时光的流失，惊叹着大自然的奇幻无穷，转眼之间又是一个四季的轮回。突然感觉生命真的好奇妙，一年年,一日日,花开了谢,谢了再开,人去了来,来了又走。

感觉生活匆匆太匆匆，不知道人生能有青春几何，去了会不会像这春风一样再来？

很快我们便到了环城公园的樱花林，漫天满树粉红的樱花让我的心一下陶醉了起来，一阵春风吹来，便下起了红色的花瓣雨。游人们就在樱花丛中，与一朵又一朵樱花合影。放眼望去，环城湖的湖心有几只小船在随风漂流。

韦嫣下得车来，便忘记了要我弹古筝的事情，急着去管理员处叫船去了，并且开心地大声叫道："好美啊，你们先玩，好久没有划船了，我要去划船。"

云磊背着画夹，帮我拿着古筝，我们一起走进了湖心亭。湖心亭的中心那一张石桌与六把石椅还是一动不动地呆在那里。云磊帮我把古筝放到石桌上，对着一树樱花和一池湖水支起自己的画架，开始描述这美丽的大自然。

我轻轻拨打琴弦，即兴吟咏：《减字木兰花》

薄雾皑皑，落英缤纷樱花梦。

碧水悠悠，抚琴泛舟独飘零。

四季轮回，正是人间春意浓。

山长水远，花开花落随缘行。

云磊的画笔停了下来："这是你自己做的词吗？里面怎么有这么多的无奈与情愁？"

没有想到他竟然是这样的细心，这样的多愁善感，一时不能回答他的问话。云磊走来，从琴弦上把我的手拿了起来握在手中,不知道为什么,眼泪忍不住地就流了下来。在他握我手的时候没有羞涩,没有躲避,从内心感觉到这是一种温暖与被呵护的幸福。

六

"喀嚓"的一声响动,把我们的思绪拉回现实,我羞得急忙把手从云磊的手中抽了回来。

"哈哈,我再也不用为这个大美女担心了,你终于恋爱了。"韦嫣挥动着手里的相机,开心地对着我们挤眉弄眼。

回来的路上,我和云磊的话明显的少了起来,感觉云磊总是在不停地悄悄看着我。心里慌慌的,有一种不知所措的感觉。

和云磊的关系显然发生了微妙的变化,他到我这个小店的次数越来越多了,不只是单在双休日来。中午放学、自修课和外景课的时候他都会跑到我这里来。他记下了这里每件商品的价格,能帮我卖着东西,使我有了更多的时间进行手工编织。

云磊的爱是温暖的,每天在他目光的萦绕下,我的心无时无刻不是快乐与幸福的。

韦嫣到我小屋的时间也多了起来,有时自己来,有时会带了男朋友来,但每次带的都会是一个陌生的面孔。有次劝她认认真真地谈一次恋爱吧,不要再玩了。韦嫣便对我打趣道:“世上的好男人除了云磊外都死光了,所以还是要玩的。”

这时的云磊会用眼睛望向我,轻轻地对我笑,在他的笑容里我总是会迷失自己,他的笑真的好阳光,好迷人。

七

春雨绵绵,细细的雨丝落到脸上给人一种冰冷的感觉,已经到了云磊放学的时间,想来这样的天气他不会来了。轻轻地把长发用梳子拢到脑后,用发卡别了起来,开始编织我的手工品。

可是心却不能静下来,云磊的样子总是在眼前晃来晃去。不得不从心里承认这个大三的男孩,已经悄悄地在我的心里占了好大的位置。从来没有想过,爱情可以用这样的方式来到我的身边。

推动玻璃门的声音拉回了我的思绪,云磊头发湿湿地站在了我面前,脸上的微笑却还是依旧。开心而又阳光的目光,给我一种甜蜜而又安全的感觉。

“今天是我的生日,所以跑来想和你一起度过。”云磊一脸的关爱对我说。

我走向前用双手把云磊抱了一个满怀,让自己的脸贴到他心脏的位置:“你好坏,到现在才来。”

云磊低头轻吻我的秀发:“每天能看到你便是我最大的幸福,能认识你便是上天给我的最大礼物,你现在可以跟我一起走吗?我已经准备好了一切了。”

我把昨天才挂到门前的那对紫色风铃摘下:“这是我们认识以来你的第一个生日,当然要送礼物了。”

云磊望着我认真的样子,欣然接收。

细细的雨,细细的心思,朦胧的灯光,甜蜜的爱情。

雨丝打在路旁的霓虹灯上,然后凝聚成好大的一个雨点,重重地落下来。上车后云磊一直用他的手握着我的手,我们没有说话,他一直用眼睛望着我,而我的思绪却随着车外的雨而飘零。

八

车子在一个住宅小区停了下来。小区不算太大,但却干净而又优雅。

云磊把我领进了他的住处。说真的,虽然与云磊相处有些日子了,但却是第一次到他的住处。

从没有想过男孩子也可以把自己的住处收拾得这样清雅干净,更让我吃惊的是在他的墙上竟然画着我那天弹古筝的模样,不同的是把我画在了一棵落英缤纷的樱花树下。长发飘动中,一朵朵洁白的樱花落在我的古筝、发际之间,是一份飘逸的美丽。

可是,那天在我记忆中他明明画的是一幅山水画。云磊看出了我的疑惑，他把我的手放在他的胸口说:“你的样子已经在我这里生了根发了芽,无须看你我也可以把你描绘下来。”

一种说不出的幸福与甜蜜浸满了我的心房。我们四目相对,我第一次不再逃避他望向我的眼光,云磊轻轻把我拉进了他的怀里,然后他的唇盖在了我的唇上,眼泪情不自禁便流了下来。石磊吻到了眼泪的味道,也一下子惊醒了过来,紧紧地把我揽在怀里,怕一松手我便会消失了似的,他一边吻我流下来的泪水,一边喃喃地对我说道:“对不起,我真的好爱你,我真的是情不自禁。”

我掂起脚尖,不容许他再说什么,把自己的唇盖到了他的唇上。

甜蜜的爱情与窗外的细雨,轻轻浅唱。摇曳的烛光随着窗外的细雨在跳动,屋檐下听到了滴滴答答的雨水流淌的声音,我知道那是幸福的音符在流淌。

九

当我把云磊把我画下来的事情对韦嫣说了后，韦嫣非要去云磊的小屋参观不可,并非常生气地怪我们不够义气,过生日不叫上她,然后她罚我们去她的舞厅为云磊补过生日一次。

对这样的惩罚，云磊哈哈大笑，说这是世上最开心的一种惩罚了，可是我却是真的不喜欢舞厅里那高分贝的摇滚乐。韦嫣当然能看穿我的心事，她瞪大了眼睛看着我说："不许说不。今天晚上我会一整晚伴你们，保证不会再去工作。"

昏暗的彩灯下，人影在不停地疯狂摇动，从这里看到的大抵是另一种盛世繁华吧！这里与我清雅的精品屋完全是两个世界。鲜红的地毯，鲜红的葡萄酒，高脚的玻璃杯，再加上舞台上小姐们的莺歌燕舞，舞厅内客人们的疯狂舞动，让我有一种晕眩的感觉。

刚刚找了一处靠墙角的地方坐下，韦嫣便让服务生端了酒水上来。对她的高消费我是见怪不怪，再说她最不缺的便是钱了，正如她说："有钱就要用，等死了留给谁啊？今朝有酒今朝醉，管它明天天塌还是地陷。"

果然整个晚上韦嫣都在陪着我们，每首舞曲她都会拉了云磊去跳，好像一个不知疲惫的陀螺，不停地飞快转动一般。跳完一曲回来他们便会喝好多酒，他们不停地跳，然后喝酒，然后再跳，云磊笑得是那样的开心与疯狂，我想他大概是被韦嫣如火一样的热情感染了吧。

十

终于有了一首缓慢的舞曲，云磊便笑对韦嫣说：“这个曲子我要陪以欣跳。”

说完他伸手把我轻轻地拉进了怀中，眼神专注地望着我，在我的耳边轻轻地对我说：“和韦嫣一起的时候，真怕你答应那些人的邀请，如果你答应了，我会第一个冲上去把你从他们的手里抢过来，才不希望别人握你的手呢。”

“啊，原来你跳舞的时候没有专心啊？”

“女朋友单独坐那里，我怎么能专心跳下去啊，已经好晚了，我们跳过这曲就回家吧，我先送你。”

感觉幸福的暖流在指间流淌，我把头深深地埋进了他的怀里。

一曲终了，当我们向韦嫣告别的时候，她却不愿意了，非要跟我们一起走。望着她蒙眬的醉眼，我知道此时和她是讲不通的，只好答应了她。

坐上出租车，云磊想让司机先开去韦嫣家，然后再送我回家。可是喝醉的韦嫣说什么也不肯先回家。云磊一脸为难地望着我求救。

最终没能拗过韦嫣，云磊先送了我。看着出租车带着云磊和半醉的韦嫣绝尘而去，没来由的，心里有一丝失落。

十一

第二天一觉睡到九点才从床上爬了起来，晴朗的天气，温暖的秋风，美好在心间静静流动。

我打开小屋的门，温暖的阳光欢快地照射了进来。拿起手机给韦嫣打电话，结果关机没有打通，想到她昨晚喝得酩酊大醉的样子，心想，一定是还没有起床吧？没有给云磊打电话，因为这个点他应该正在上课。

中午快放学了，想到云磊一定会到来，甜甜的笑便又荡漾在了嘴角。

心里还在记挂着韦嫣，便再一次拔动了她的电话，可还是关机，因怕她生病或者感冒，便拔通了她哥哥的电话。

“哥哥好，我是以欣，昨天韦嫣喝醉了，到现在都不能打通她的电话，哥哥去帮我看看她没事吧。”

“噢，以欣啊，韦嫣没有对你说吗，她一大早便开车去爸爸妈妈那里了，她说好累想去看爸爸妈妈，我这个妹妹啊，想起什么便是什么，风风火火的。”

默默地关上手机，不知道为什么心里突然有一种被刺痛了的感觉，这样的感觉想让我流泪。

情不自禁地拔动了云磊的手机，结果关机，顿时有一种想马上见到他的心情。

放学的时间早过了，云磊没有来，电话也打不通。

十二

一夜无眠,心里企盼着第二天当我打开门的时候,阳光下能站着那个含着微笑的、带给我快乐的男孩,就站在我的小屋外面。可是,我失望了。

不敢去想,不敢去猜测。第一次鼓足了勇气跑到了云磊的学校,得到的信息是:他请病假了。内心充满了害怕,又急急往他的住处赶去。

在上他的楼梯的时候,两腿有点软,真的不能明白这是怎么了。我敲响他的门,里面并没有人应,内心有一种被淘空和要疯掉的感觉。

第三天我没有开店门,在自己的房间里面不停地为手机的电池充着电,我怕云磊打进电话自己会听不到,哪怕是一个小小的响动,我都以为会是他的电话来了,结果拿起手机却不是垃圾短信就是电话广告。

十三

时间好像变得很慢很慢,我不想去想,也不愿意去想。时针指向了晚上8点,我已经呆呆地在自己的床上坐了整整一天。手机铃声突然的响动把我吓了一跳,犹豫着拿起电话,真

怕又是广告什么的。忐忑地向屏幕看去，当看到云磊二字伴随着闪光出现时，眼泪哗的一下便流了出来

“以欣，我在你的小屋外面，下来给我开门好吗？”是云磊的声音，只是声音好无力。

我嗯了一声，便再也说不出话来。

打开门，云磊就在门外台阶上站着，霓虹灯下，他的眼神是那样的憔悴，看不到一点点以往的神采奕奕。

我扑在云磊的怀里，想要感受到真实的他。云磊也紧紧地抱住我，但却一直在不停地重复着一句话：“对不起，全是我的错。对不起，全是我的错。”

抬起头，我看到了云磊满眼的痛楚与无奈。他说出的事实是如此残忍，将我所有的美好击得粉碎。我声嘶力竭地对他呼号着：“我不信！我不信！我不信！这不是真的！这一定不是真的！云磊，你告诉我，这不是真的！你是在骗我！在骗我……”

可现实就是现实，不是我用呼喊就能改变的。云磊对我说：“她的热情如火一般，我无法拒绝，我拒绝不了，原谅她，原谅我吧。你是如此美丽而又高贵的女孩，我配不上你，你一定会找到自己真正的爱情的。”

说完，便丢下我，转身而去。脚步匆匆，头也不回。

十四

一个是我最好的朋友，一个是我深爱的恋人，在一夜之间一起背叛了我。我突然很想大笑，总以为朋友与恋人的一起背叛，那是老套得不能再老套的电视剧的情节，不曾想过，这样狗血的故事情节会真实地发生在我身上。一幕幕与云磊相处的画面在我的眼前晃动，一幕幕韦嫣的反常话语在自己耳畔回荡，原来，一切早就发生了，只是我没有注意到，或者是注意到了却不愿意承认罢了。

我努力想抓住些什么，可是却什么也没抓住。

漫无目地地走在大街上，听不到汽车的鸣叫声，听不到人群的流动声，只是在这个熟悉而又陌生的城市里随意穿行。当我走到这座城市的最高的一座桥“天桥”的时候，东方的夜空已经露出了一丝微明的曙光。

桥下那川流不息的车流此时在我眼里已变成了涓涓流淌的河水，远处林立的高楼也成了一片樱花林，我好像看到漫天的樱花在眼前飘舞，真的就想这么着飞进这漫天的樱花中与其共舞。

十五

刺耳的手机铃声把我一下子拉回了现实。

是妈妈!是妈妈啊!她从来没有这个时候给我打过电话。泪再也无法控制:“妈妈,我想你,我要见你,现在就要见你。”我跟妈妈哭诉着。

“好宝贝,怎么啦?不哭啊,妈妈这就去看你。”

我回到小屋,心里有说不出的难受,感觉好累好累,好想睡觉。

我做了一个梦,这个梦好长,长到我几乎以为梦就是现实。我想醒来,却一动都动不了,想喊也喊不出声。

梦中,我看到云磊在飘落一地樱花的路灯下转身而去,再也没有回头,我看到韦嫣那妩媚的脸,一直在笑!我想大声对她说不要笑了,可声音却消失在空气里。

内心的不甘似黑暗中的曙光促使我挣脱了这没有尽头的梦。

当我满头大汗地从床上坐起来的时候,我看到了一双亲切熟悉而又焦急的眼睛。是妈妈,是妈妈站在了我的床前。伸开手,妈妈一下子抱住了我……

一个月后,我和妈妈一起登上了回家的列车。当原本高大的摩天大楼在我眼里越来越小的时候,我在心里默默地对这个城市挥手告别。

短短的半年时间，让我的人生完全改变了。

别了，我曾经生活过的城市；别了，我爱过和恨过的人。

花开花落，物是人非。

十六

两年后的情人节，在一个叫“樱花梦”的精品屋里，一个女孩在为前来买花的一对对情侣们精心地包装着玫瑰花。

优美的轻音乐，满屋的花香给人一种甜蜜而又浪漫的感觉。一轮弯弯的上弦月静静地挂在空中，把朦胧与温馨的爱情渲染得更加梦幻。

女孩还是长发披肩，纤细的双手还是那样的灵巧，整个人看起来还是那样的清秀温婉，只是在她的眼神里多了一份成熟与稳重，少了一份青涩与天真。

卖完了最后一束玫瑰花，小屋外早有一个成熟的男子手捧鲜花站在那里深情地对她微笑，她也对那个男子回了一个浅浅的笑容。

不经意地抬头，看到一颗流星在空中划过。在人生与时间的长河里，自己不正是如这流星一般，稍纵即逝吗！昨天已经过去，就让它静睡在记忆的长河里吧，明天我无法预料，那么，只有踏踏实实地把握好今天了。

第三卷

小梦入尘醉香榭

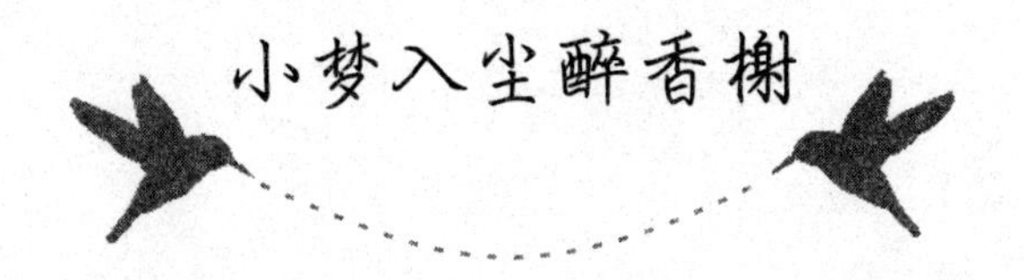

·暗　香·

青花瓷里的一杯温蕴，爱便荫翳了整个江南。

雨声近了又远，远了又近，只为握住手心里爱情的暖。

被岁月送走的年华，一去不返。

一朵梅花盈了袖底的暗香，在寂然与轰烈的文字里，

因为有你的身影，让爱与思念变得丰满。

一佛一念，一念一生，精致的琉璃里，盛放着前生今世的缘。

那些柳絮是春天最美的花

三月的风，暖暖地、轻轻地吹绿了湖堤边的垂柳，吹走了那如雪花一般的柳絮。它知道自己是一粒生命力旺盛的种子，风把它吹到哪里，它就会在哪里安家，只要有水、有空气、有阳光、有泥土的芬芳，哪怕空气再恶劣，哪怕前途再渺茫，它也会让自己努力生长成幸福的模样……

一

柳絮原本不叫柳絮，一直到上学，她都没有自己真正的名字。当老师问她叫什么名字的时候，她说："因为我是在阴历的三月出生，又因为自己是家里的第三个女儿，所以妈妈和姐姐一直叫我三月，没有别的名字了。"老师望着她美丽而又天真的大眼睛便对她说："阴历三月正是柳絮飘舞的季节，如冬天的雪花一样漫山遍野随风舞动，老师就给你取名叫柳絮吧。"

从此三月便有了自己的名字：柳絮。

柳絮在家是第三个女儿，在她刚刚出生的第二天，乡计划生育的人便把她家里所有值钱的东西都给拉走了，她爸爸便责怪她妈妈是个只会生赔钱货的老母鸡，然后离家出走，再也没有回来过。柳絮不知道自己的爸爸长的是什么样子，也不敢亲口去问妈妈爸爸到哪里去了，因为妈妈从来没有对她有过好脸色。妈妈曾经想过要把她丢掉，可是每次都因为不忍心而又抱了回来。小小的柳絮就这样一天一天地长大了，虽然吃的喝的与穿的不能与同龄的孩子相比，但她却健康地成长着。

穷困不能掩埋她的聪明，小柳絮真的非常聪明，妈妈为她们纳鞋底时的花样，她看一眼便能画上来，如果过年过节谁家买的新画被她看到，回到家里，她便会凭自己的记忆画下来，与原画不差上下，这让柳絮的妈妈吃惊于这个孩子的天赋。每当望着柳絮拿着铅笔头画画的时候，她往往会从心里叹息一声，叹息她生错了地方。

到了上学的年龄，妈妈还是让柳絮上学了。因为妈妈不想埋没了柳絮的才华，而且柳絮的两个姐姐也都希望这个聪明的小妹能出人头地。学校免了柳絮的学杂费，这对柳絮家来说是一个天大的惊喜。知道自己的学习机会来之不易，柳絮总是很努力很努力地学习着一切知识。每次考试她都会是全班第一名，这让常常愁容满面的妈妈有了笑容，也让这个困苦的家有了希望。妈妈欣慰地对柳絮说:“只要我们家三月肯学,妈妈和姐姐们,哪怕再苦再累也值得了,我们家三月长大后肯定会比男儿强,三月一定要给妈妈争口气。”

二

柳絮真的非常努力,在初三的时候,她的绘画能力在她们那个小县城便小有名气了。村里的人每到年节的时候,开始找柳絮为他们写对联画门神,村里那些老人都说:“这小丫头写的字,画的画要比集市上买的好多了。”县里那些老书法家看到她的作品,也会竖起大拇指夸赞一番。

转眼柳絮便成了高三的学生,同时也出落成了一个漂亮的大姑娘。学校里那些爱慕她的男孩子开始给她写情书,柳絮就经常在自己的书本里收到男同学写给她的情书。在高二一年里,柳絮平均三天就能收到一封情书,但她总是把自己的头抬得高高的,没有给任何一个男孩子回过信,在她的心里只有一个信念:那就是考上自己理想的艺术学院。

功夫不负有心人,柳絮拿到一所国家重点艺术学校录取通知书。从柳絮拿到大学录取通知书那天起,柳絮的妈妈整个人都变得精神了起来,还精心地为柳絮做了一双绣花的千层底布鞋。村里来贺喜的人不断,这个平时不被人注意的小家庭也热闹了起来。

三

当柳絮穿着妈妈为她做的那双绣着一枝腊梅花的鞋子来到学校的时候，好多双眼睛都同时注视到了她的鞋子上。感受到别的同学们的目光，柳絮下意识地把自己的脚往后缩了缩。但很快，柳絮便释然了。她想到了妈妈和姐姐们期待的目光，想到自己是村里的骄傲，想到了自己还有远大的理想，于是她自信地走进了这个陌生的校园。

天分加勤奋，柳絮很快就得到了老师们的青睐。再加上天生丽质，又让柳絮成为了男同学心目中的女神。

又是一个晴朗的日子，柳絮如平常一样和同学们一起来上大课。只是这堂大课比较特别，由学校专门请了当前人气超旺的美术教授随风教授来上。

离上课还有几分钟，同学们都在窃窃私语。

学生甲："听说今天来给我们讲课的教授可有才气了，拿了也不知道多少奖了。"

学生乙："这算什么，听说这个教授可是又年轻又帅气，颜值爆表，赶得上明星了。"

学生丙："我昨天特地搜了视频，真的很帅。我还存手机里了……"

"真的？真的？给我看看"

"我也要！我也要！"……

听着同学们的议论，柳絮也开始对今天要来上课的教授好奇起来。

柳絮坐在了第三排正中的位置，这个位置从听课的角度来说应该算是最佳位置了。

随风进来了，当柳絮望向随风的时候，自己的心不知道为什么会突然莫名地猛跳了两下，她用手按住了自己的胸口。随风真的如同学们所说的一般：帅气。他看上去有一米八的个头，身材挺拔，长相英俊，理着一个非常精神的小平头，整体给人一种清爽干净的感觉。他刚刚走进教室便得到了同学一阵阵热烈的掌声。

“同学们好，我叫随风，随便的随，风儿的风，三月的暖风，吹起杨柳，唤醒沉睡的大地，让大家在春天里感悟生命的新奇与感动。”随风这样自我介绍道。

随风的课新奇而又幽默，他就那么轻易地让同学们喜欢上了他，柳絮也不例外。她第一次没有认真听讲，而是把关注点都放在了讲课的老师身上。

当一个小时的课结束的时候，柳絮还恍如在梦中。

四

柳絮很认真地完成了随风布置的作业。当随风看到柳絮的作业的时候，眼前为之一亮，他被柳絮画里的生机与灵气所感染。随风约了柳絮到他的工作室来作画。当他看到柳絮的第一眼，便完全明白了那幅画的生机与灵气是从哪儿来的。

随风："你就是那个叫柳絮的同学吧？我看了你的作品了，虽然在技法上还不尽如人意，但是你的画是活的。艺术这东西，如果缺了灵气就不能成为艺术了。"

近距离的接触让柳絮的脸微微发红，她用手绞着衣角，低头不语。

随风又轻轻地对柳絮说："以后如果有时间可以到我的画室里来作画，我会尽我所能来帮助你的。"

柳絮猛然抬头，激动地看着随风。她看到了随风对她的肯定与期待。她明白，自己的努力没有白费，她可以在艺术上有所建树。

柳絮就这样开始了与随风的接触，开始了她更高层次的艺术之路……

柳絮交给随风的第一幅画是一幅淡水素描：一个站在湖堤旁边的女子，一棵刚刚发出新芽的垂柳，随风舞动在空中的柳絮，那女子的背影看上去像极了柳絮，也正是合了柳絮的品性与对生活的向往吧。

她与随风渐渐熟悉起来的时候，曾对随风说过这样一段话，来形容她画那幅画的心境："我喜欢淡定的与世无争的生活，自己本来是个不应该来到这个世上的女子，可却偏偏来到了这个世上。想到妈妈的辛苦,所以我希望自己学有所成,让妈妈的后半生能过上好日子,希望离家出走了二十年的父亲能回来和妈妈团圆,我不会恨他,因为在我们那样的山村,如果家里的妻子不能为这个家生个男孩,这个家庭会被人瞧不起,就会被人欺负。”

五

随风是有妻子的,他的妻子在一年前出国留学了。柳絮知道自己是不能爱上随风的,但心却由不得自己作主。随风的心也是孤单的,他无法拒绝柳絮的美丽与灵气。所以当柳絮到他的画室越来越频繁的时候,当随风的手触摸到柳絮画画的手时,他们同时都有了触电一般的感觉。然后,随风就轻轻把柳絮拉入了自己的怀抱,柳絮感觉随风的胸怀是如此的温暖与可靠,她不想从这样的怀抱里挣脱出来。

当友情、师生情跨越了最后一道防线的时候,柳絮成了随风的情人。她义无返顾地爱上了随风,虽然她知道这样的爱是没有结果的。

那些日子里,他们成了彼此间最亲密的爱人。

直到有一天,这份亲密被一个追求了柳絮近半年之久的男生撞破。那男生愤愤地丢下一句话,转身而去。他说:“本以为你是女神,却原来不过是个荡妇。”

事情很快在全校沸沸扬扬地传播开来，没有人同情柳絮。随风在提交的报告中写道：柳絮先勾引的他。

柳絮被学校除名了，随风也在柳絮的世界里消失了。当柳絮离开学校的时候，陪伴她的，只有一个孤单落寞的背影。

六

柳絮没有回家，也没有纠缠于随风，她去了一家看起来非常豪华的练歌房做了一名陪唱小姐。她给家里写了一封信，要妈妈不要再给她寄钱，她说她今年拿到了学校最高奖学金，够她用了。

在歌声与笑声中，柳絮知道那个叫柳絮的好学生已经死了，她关闭了自己所有的记忆，哪怕做梦，她都不希望再回忆起美好的曾经。在她进练歌房的第一天，她给自己起了另一个名字：落英。

七

当大片大片的梧桐叶从树上落下来的时候，当南飞的大雁从这个城市的上空鸣唱着飞过去的时候，一年的时光悄然而逝。

在练歌房里，柳絮看到了另一种生活，她见识到了挥金如土的有钱人，见识到了一些男男女女在灯红酒绿里纸醉金迷。

也许是秋天的萧然触动了柳絮孤寂的心，坐在巴台前的柳絮禁不住拿起笔画出了一幅秋雁南飞图：灰色的天，没有太阳，风吹落一地的秋叶，一行大雁在往南飞行。当柳絮想收笔的时候，却又在距离这行大雁非常远的地方又画了一只孤雁。

"为什么要把这只雁画得远离群体呢？"突如奇来的男声把柳絮吓了一跳，她的手情不自禁地一抖，笔从手里掉了下来。柳絮抬起头，看到了一位西装革履的男子站在了自己的面前，他的身后还跟着两个人。

当雨寒的目光与柳絮的目光相对时，雨寒明显惊了一下。这是怎么样一个美丽的女孩，两颗如水晶一般的泪珠就那样从她的眼睛里面滚落了出来，那眼睛里充满着迷茫、绝望、痛苦……

柳絮首先反应了过来，她急忙擦了一下自己的眼睛，展出一丝微笑对雨寒说："先生您好，请问要多大的包间？"

雨寒："我们就三四个人，你看着办，我们想放松一下。"

柳絮说："好的，那我领你们去吧。"

柳絮领着他们来到了三楼的308房间，当她想帮他们打开音响时，却被雨寒制止住了："小姐怎么称呼啊？"雨寒问。

“落英。”

“落英小姐,请你先帮我们送点甜点、饮料来,我们这会还有事商量,过会再唱,到时候希望小姐你能来。”

柳絮微笑着对雨寒点了点头,说了声“好的”便离开了。

八

雨寒和顾客谈完最后的条款后,大家都非常满意,情绪一下子都高涨了起来,于是雨寒便跑到了前厅想请柳絮来陪唱,可是柳絮却已经被别的客人请去了,雨寒突然感觉内心好失落。雨寒对前台的小姐表示今天无论如何也要等到柳絮,不管多久。

不知道为什么,那只孤雁和那两滴泪珠总是交错着在雨寒的眼前浮现,雨寒好想关心一下这个女孩,想走进她的心里。

一个小时过去了,柳絮疲倦地从一个包间出来。今天状态不对,刚唱了一小时,嗓子便有点疼。柳絮本打算跟老板告个假先回去休息,却被老板直接叫住,并让他立即去308包间。

柳絮本想拒绝,但雨寒的目光让她敲开了308包间的门。

九

站在办公室的窗前,可以一览整个城市的风景。雨寒的心里眼里却一直晃动着那个与自己合唱《新鸳鸯蝴蝶梦》的叫落英的陪唱女孩的身影,那两滴泪珠,好像滴在了自己的心里。他想接近她,想让她开心,他想看到她笑的样子。

雨寒把自己的名片送给了柳絮,并对她说:“如果你愿意到我的公司当一名广告模特,我会非常欢迎你的。”可柳絮却一直没有来。虽然自那次后雨寒又去了几次柳絮所在的歌舞厅,柳絮也都来陪雨寒唱歌,但她却没有提到他公司的事情。

柳絮没有想到那个叫雨寒的广告公司的经理竟然会把名片留给自己,她觉得自己没有资格接近如此优秀的男子,她已经不是纯洁的女子,她知道自己已经堕落。她就像那只离群的雁,找不到家,找不到方向,找不到温暖。

夜再一次来临,刚刚从房间里走出来的柳絮被老板叫住:“三月,有个老板喜欢上你了,如果你同意陪她过夜,他愿意给你五千元。”老板的话让周围那些女孩同时从嘴里发出一声惊叹。

柳絮轻轻笑了笑,没有作声,老板接着开导道:“做我们这行的,你就是不陪别人睡觉,在外人的眼里你也早是个不干净的女孩子了,好女孩是不会到这里来的。”

是呀，自己还有资格清高吗？自己早就肮脏不堪了。柳絮第一次答应老板出台，在她做陪唱小姐的第四个月。

十

这真的是一个非常有钱的老板，他把柳絮带进了总统套房，柳絮知道这样的豪华房间，是一般人所住不起的。

可是柳絮的目光却被墙上装裱的一幅画紧紧地吸引住了，引他们进来的服务生一看柳絮一直在欣赏那幅画，便自豪地给他们介绍说："这些房间里的字画，全是著名画家的亲笔，不是一般价格可以买得到的。你看那被风吹起的柳枝，像真的在舞动一般，那飘落的柳絮，那被风轻轻吹起的湖面的波纹，还有这位美丽的深思的女子。"接着服务生上下打量了一眼柳絮，"还别说，这画上的女子，与小姐长的有点相像呢。"服务生介绍完便带上门出去了。

那老板却从柳絮的身后一把抱住了柳絮，然后开始亲吻她那洁白的脖颈，而柳絮面对那张画，呆若木鸡。是的，这幅画是自己的亲笔画，是被随风选中过的。这幅画右下角落款处非常明确地写着两个字：柳絮。

泪水就这样不可抑制地滚落而出，记忆的大门已经打开，只要迈出那一步，曾经的那些美好便触手可得。可是柳絮却还是本能地抗拒着不愿意想起。

柳絮推开了那老板，对他说："如果我拒绝你，你现在会怎么样？"

那老板没有思考，而是直接说："你不会拒绝钱的，世上没有一个婊子不喜欢钱的。"

柳絮看到了一张狞笑的脸。她的心从来没有这样害怕过，可害怕的她却对着老板笑了："是啊，如果拒绝你，便不会跟你来了，谢谢你带我到这里来，你先去洗个澡吧。"

那老板一听便也笑了说："好，我先进去了，宝贝快来啊。"

柳絮在那老板的鼻头上轻轻用唇点了一下："你先进去吧，我准备一下就来。"

当柳絮听到那老板把衣服脱得差不多的时候，她抓起了自己的包，轻轻带上门，从房间里面跑了出来……

十一

刚刚从房间里跑出来的柳絮还没有决定自己要去哪儿的时候，却被一只大手紧紧地抓住，然后拉进了对面的一间房间里面。对方捂住了她的嘴，并在她耳边温和地说："不要叫，先看清我是谁。"

柳絮看到，拉自己进来的竟然是雨寒。

雨寒轻轻地把柳絮揽进了怀里："如果有苦就说出来吧，如果想哭，就在我的怀里哭吧，只是不要再让自己迷失，再如此地折磨自己,再让自己的灵魂堕落。”

雨寒无法控制自己地去想念那个叫落英的女孩子,他情不自禁地走到了那个叫落英的女孩子工作的地方,然后他便看到那个女孩被一个男人用手揽着腰拉进了车里,他看到了她脸上的漠然与眼睛里的绝望。他跟着来到这里,在他们的对面开了一间房,然后便一直开着门守着柳絮他们的房间,他期待着自己也不知道的答案。

柳絮趴进雨寒的怀里放声大哭了起来,雨寒只是紧紧抱着柳絮没有说话,柳絮感觉自己累了、倦了,然后就在雨寒的怀里沉沉地睡去。已经许久,她没有睡得这样安稳与踏实了。

雨寒静静地望着这个熟睡的女孩,是那么的安静与美丽。

当柳絮一觉醒来的时候,外面暖暖的阳光透过窗洒落了一地,好久没有在夜里睡得这样香甜了,也第一次没有被噩梦惊醒。睁开眼,她看到了那双对自己充满关爱的眼睛,这双眼睛是值得自己信任的。

当雨寒想张口对柳絮说什么的时候,柳絮用手轻轻地捂上了雨寒的嘴,然后把自己所有的故事一点不保留地告诉了雨寒。

雨寒心疼地给了柳絮一个拥抱:“从今天起,我要让你变成一个快乐的柳絮,让过去的就过去吧,如电脑删除无用文件一样,从回收站里永远删除,再也不要找了。”

十二

又是一个阳春三月,柳枝在抽新芽,温暖的阳光照耀着大地,空气中风儿送来泥土的清香,丝丝柳絮如雪花一般在漫天飞舞……

善良的女孩,只要有希望有理想在心里,只要把心灯点亮不要让心迷失了方向,生活总是不会把她遗忘。

柳絮轻轻敲开了雨寒办公室的门:"经理,这是我设计的平面广告,你看效果如何。"

雨寒接过柳絮手里的文件认真看过后, 连连点头:"嗯,好,有创意,真的不错。"然后一把把柳絮拉过来让她坐在了自己的腿上:"都对你说过多次了,只要办公室里没人,不准你叫我经理要叫老公,可你总是不听,我要罚你。"然后在自己的脸上指了指,"罚亲这里三百下。"

柳絮含笑在他的鼻头上用手指轻轻一刷:"想得美,不亲,就不亲。"

"不亲我就不放开你了,一直就这样抱着你,看你晚上怎么去上学。"雨寒耍赖地说。

柳絮在雨寒的脸上深情一吻:"真是服了你了,输给你了。"

雨寒开心地一笑:"记得有时间给妈妈写封信,向她汇报你最近的学习、生活情况,要不老人家会担心你的。老人家也真是的,接她来就是不来。"

柳絮含笑对雨寒说:“两个姐姐今年都要结婚,她当然没有时间来了,等姐姐们结婚后有了孩子,她还想着给姐姐家里看孩子,怕是一年两年来不成了。”

雨寒:“那等你职业学校毕业了,我们也结婚,等你生了孩子把母亲接来,让她给我们也看孩子,这样她就走不了了。”

柳絮又一次轻刚了一下雨寒的鼻头:“想得美啊你。”

雨寒:“我想的当然美了,难道老婆不这样想吗?”

幸福在那一刻洒满人间。

在原路等你

一

真的，这样的日子，让我感觉索然无味。

所有的时光就这样平淡无奇地往前流淌着，一切都让我变得麻木与慵懒了起来。

每天上班、下班，买菜烧饭或不买菜烧饭而吃快餐。空下来的时间我和阿苏要么上上网，要么散散步，要么一起看看电视。我们复制着一天又一天，从无改变。

与阿苏认识已经六个年头，从大二开始恋爱，然后我们一起毕业，一起工作，一起租房，一起睡觉。

阿苏是个循规蹈矩的男子，六年来，我们一起共守着这份爱情。每年的情人节，他都会买一大束玫瑰花给我，然后对我说："媚儿，等我们攒够钱了，就在这里买房子结婚。"阿苏从来没有断过要娶我的念头。

二

在这个城市,我们应该属于无产阶级。虽然与阿苏的工作都不错,收入也不算低,但对于那上百万一套的房子,我们要付首付却还要在一起努力两年才能成功。

阿苏会跟我畅想未来,畅想我们美好生活的未来。甚至于有时候他还会想到将来我们的孩子,想着给孩子起名,想着孩子将来长大怎样怎样。

刚开始,我会和他一起畅想,一起兴致勃勃。但渐渐地,我对这看不见摸不着的未来失去了兴趣。我一边随口应答着阿苏的话,一边昏昏欲睡。

生活单调而平静,完全失去了激情。

三

我知道,我的内心是不安于现状的,一直在蠢蠢欲动着。

在加拿大的姑妈有三个儿子,没有女儿,所以从我上大学的时候便希望我去加大拿留学,然后留到她的身边工作、学习和生活。

这次姑妈又来电话一再要求:“到这里玩几日吧,如果感觉满意,可以留下。”

放下电话，我转头对阿苏说：“我想去。”

阿苏没有说话，而是起身走向窗前，把目光投入了茫茫的暗夜之中。

签证很快办好。在去机场的路上，阿苏一直低垂着脑袋，时不时会看到他用手擦拭眼睛，头发也乱蓬蓬的。

我虽心生怜悯，可是我的心如这雨后春天的阳光一般明媚。春雨下了一夜，满树的梧桐花落了一地，这淡紫色的如小喇叭一样的花朵，越发显得娇艳而又妩媚了起来，散发着它们自身那特有的甜甜的浓浓的香味。

深吸一口气，这香便会沁人心脾。一只只美丽的黄色的云雀站在电线杆上在啾啾歌唱，一双双燕子站在树枝上在呢喃私语。

突然感觉小城其实很美，只是因为每天望着同样的风景，太过熟悉而忘记了它的美丽。今天要离开，心里生出留恋，才又重新发现了这份美丽。

飞机就要起飞了，我决然地转身向机场过道走去。阿苏猛地把我紧紧搂在了怀里，把一个小纸条塞进了我的手中，然后放手。

我没有回头，因为我怕流泪，我怕一回头，阿苏的目光会拌住我前进的脚步。

四

当姑妈激动地把我紧紧地搂进怀里的时候,当周围的人突然变成了碧发蓝眼的时候,我知道,我终于出来了,从一场绝望的、永无休止的、无风无浪却紧紧束缚我的游戏中逃出来了,我将义无反顾。

我知道,从此我的身边再不会有阿苏了。

想起阿苏放进我手里的那张折叠好的纸条,打开,上面是这样写的:“媚儿,如果玩累了,记得回家的路,我会在屋内为你永远点亮一盏灯。”

姑妈和姑夫在这里开的是一家中式餐厅,生意不错,有七八个服务生在餐厅里帮忙。两个表哥一个在这里是知名的心理专家,另一个帮助姑妈经营餐馆,三表弟还在读大学。

我的到来让姑妈兴奋万分,她把一切工作都交给了表哥来打理,然后和姑夫一起带着我在这座城市游玩。

我沉醉在与姑妈的相逢中,沉醉在这异国风情之中,与阿苏的距离好像越来越远了,过往如梦一般,突然变得不真实了起来。

每到夜晚的时候,阿苏会通过电脑诉说着对我的思念,然后问我异国他乡好不好玩。有时候会突然把话打住,再没有声音。就那么呆呆地望着我,说要感受我的呼吸。

我的邮箱里塞着一封又一封阿苏给我的邮件。有时候是长篇大论,有时候却只有简简单单的几个字:你好吗?或,我想你!

可惜的是,我已经不再感动。

五

培克好像对我一见钟情,而我也深深地迷恋上了他身上那种考究的男人气息。

认识培克是我来到加拿大的第二个月。

那是一个风清日丽的日子, 我在餐馆帮姑妈打理着生意,姑妈的中国餐馆在当地非常出名,所以生意一直非常红火。

那天的我把自己的长发随意地披在肩后,略化了一点淡妆,穿了一件束腰的白色的连衣裙,虽然天气有点炎热,但我的心情却是非常清爽的。

培克和他的生意伙伴站在了我的面前。姑妈一看是培克来了,热情地出来招呼,姑妈问培克道:“怎么这样久没有看到你来呢?”

培克见到姑妈似乎也很高兴,他热情洋溢地对姑妈说之前是去了国外谈生意,然后望着我问姑妈:“这个中国女孩子是谁?好漂亮。”他大概以为我听不懂英语,所以没有直接对我说吧。

被人当面说漂亮，我小小的虚荣心还是感到了满足与快乐。

姑妈笑着向培克介绍说我是她的侄女，刚刚从中国来到这里两个月。

培克走来给了我一个紧紧的拥抱，虽然不习惯，但出于礼貌我还是微笑着接受了。

六

培克到姑妈这里吃饭的次数越来越多，有时候他并不急着去吃饭，而是跑来与我说话。

他在看我的时候，我发现他的眼睛里有一种亮晶晶的东西在闪烁。

姑妈看出了培克的心事，并且在姑妈的内心一直希望我能留在这里。于是，姑妈便明里暗里地撮合着我与培克。

灰姑娘遇到白马王子应该是每个看过这个童话故事的女生都会做的梦吧，我当然也不例外。

培克身材高大挺拔，一双蓝色的眼睛上戴着一副有着淡淡金边的水晶近视镜，又给人一种文质彬彬的感觉。

我的心也开始有点蠢蠢欲动。

七

我和培克开始了交往，负心地断绝了与阿苏所有的联系。

姑妈看我与培克交往顺利,她的脸上荡漾开了抑制不住的笑容。

培克深情地把我拥入怀中:“东方女孩子真的是上帝赐给我们男人的尤物,真的与西方女子不一样的。”

听了他的话,我内心突然酸楚万分,眼前闪现出了阿苏的身影,那个一直想娶我为妻的男子,他现在距离我是如此的遥远,好像他只是在我的另一个世界出现过,与他的一切,都变得是如此的不真实起来。

与培克的交往越来越密切,姑妈开始为我续签证。

相比较而言,培克比阿苏多了一份自信与霸道,却少一份细心与温柔。

姑妈希望我和培克能早点结婚,这样我就可以理所当然地留下来了。

转眼夏去秋来,眼看着快到中秋节时节,内心突然多了一份惆怅与思念的情绪。

八

我的惆怅没有逃过培克的眼睛。他说发现我最近的笑容突然少了许多,并以为是自己工作太忙,没有太多的时间陪我的原故。说等忙过这阵子要带我去澳洲的黄金海岸去玩。为了表示对我的歉疚,培克为我买了许多贵重的礼物,这些礼物都是阿苏所买不起的。

又是一个平静的夜晚, 我因为身体不适便早早地睡了。培克如往常一样很晚才回来,见我已先睡下,便背对着我默默地躺了下去。

有泪突然就从眼里流了出来,恍惚间觉得这份爱情好不真实。一时间,我分不清哪是现实,哪是梦境。

又想起那个叫阿苏的男子,想起他曾经的温柔与细心,想起他看我时那眼里深深的爱恋,想我们一起畅想过的未来……

我是不是太贪心,又太不懂得珍惜?

九

“我在原路等你,回家的灯一直为你亮着。”这是我离开阿苏后,他对我说的最多的一句话。

我从培克的别墅搬了出来,我对他说:“培克,你是个优秀的男子,但我们真的不合适,我也无法适应这里的生活环境,我想回自己的家了。”

虽然对培克说回家,可是我自己的家又在哪里?阿苏,那个让我抛弃的男子真的会在原路等我么?我的内心是忐忑的。

我疯狂地找寻着那张纸条,可是我真的不记得把它丢在了哪里,我就这样抛弃了我的爱情。带着内心的不甘和最后的一丝希望,我拔下了在自己内心深处永远不会忘记的那串号码。

电话通了!当电话那头传来熟悉的应答声时,我竟然泪如雨下,我根本不能完整地说好一句话,只哽咽地唤了声:“阿苏……”就再也说不出话来。

电话那头静默了几秒,继而我就听到了阿苏急切而又激动的声音:“媚儿,是你吗?真的是你吗?为什么突然联系不上你,你知道吗,我二十四小时不敢关机,因为我怕错过接你电话的机会。媚儿,我好想你,没有你的日子,我孤单难眠。”

我已泣不成声,断断续续地回应着:“我……我也……我也好想你……想你啊……”

阿苏:“媚儿,回来吧,我在原路一直等你呢,回家的灯一直为你亮着呢。”

我轻轻“嗯”了一声。

十

我回来了,回到了阿苏的怀抱,回到了属于我自己的幸福城堡。

当我和阿苏手牵手走出机场大厅的时候,阳光是如此得灿烂多彩。

远处传来了齐秦的《大约在冬季》,就像是为我的故事做了最完美的诠释。

你问我何时归故里,我也轻声地问自己,不是在此时不知在何时,我想大约会是在冬季,不是在此时不知在何时,我想大约会是在冬季……

旋转的葱衣

一

一场烟火的盛会,在等待着夜色的降临,因为只有在斑斓的夜色下，才会让它绽放得绚烂多彩。再有六个小时，2014年元旦的钟声就要敲响了。有雪花透过微启的窗,偷偷溜进了房间,深情地带着风儿一起吻向了挂在窗前的那串紫色风铃。

妈妈捧着一杯热茶轻轻地走了过来:“蝶儿,祝你新婚快乐,我和你爸爸去外婆家,今天这个空间都归蝶儿与小奇来共同拥有了。”

说完,妈妈在我的脸上轻轻吻了一下,转身为我带上了房门。

被调到振动的手机在桌子上嗡嗡响着转起了圈圈,是蝉姐发来的短信:“蝶儿,快来,你们的新婚房间好漂亮,是我和虹亲手为你们装扮的。”

蝉姐所说的地方,是一个网络名字叫做“同城游戏”的地方。

今天是我和小奇在同城游戏举行网婚的日子,而我们现实中的婚礼定在了2014年2月14日的情人节那天。

来到房间一看,我们的ID早被同城游戏的管理员为我们准备的两个大红的喜字装扮上了。我、小奇、虹姐和蝉姐都是同城游戏的忠实玩家,并且在同城论坛里担任着版主的职务。我和小奇今天穿的不是极品秀也不是贵族秀,而是同城游戏的设计人员,从我们的婚纱照中选出的我们最为满意的一张结婚照,为我们量身打造的情侣秀——我们可以终身拥有的情侣秀。房间被虹姐和蝉姐装饰得豪华而又雅致,用星星连成的两颗心形中间,写着“祝贺小奇、蝶儿新婚大喜”的字样。

婚礼司仪是小奇和虹姐请来的同城游戏的资深玩家——许下的诺言。虹姐代表男方嘉宾,蝉姐代表女方嘉宾。虹姐和小奇生活在同一个城市,而我与蝉姐生活在同一个城市,正是同城游戏让我们这些有缘人聚到了一起。婚礼在众多来宾和朋友们的祝福声中开始了。

当司仪说出下面由新郎新娘讲述恋爱史的时候,往事涌上心头,时光被一下拉回到三年之前。

二

2010年元旦,我从独独家里回来,感觉身心疲惫。爸爸妈妈一直在等我回来吃饭,可看到忧伤与疲惫的我后,他们沉默了。

我对爸爸和妈妈说:“你们吃吧,我不饿。”说完便回到了自己的房间。

不想开灯,不想思考,哪怕是心思轻轻一动,也是一份情感的失落与困惑的疼痛。此时手机短信铃音响了起来,是蝉姐的短信:“蝶儿来,三缺一,并肩双飞。”

打开电脑,打开同城游戏的房间,这里是我和蝉姐、虹姐经常相聚的地方。蝉姐是我现实工作中的直接领导,我的编制挂在公司的文化部,如果公司有文艺活动和大型联谊活动的时候,我便是公司的文艺骨干,而平时日常工作中则是蝉姐的秘书。

虹姐与蝉姐坐对家,与我对家的是一个名字叫小奇的陌生男孩,此刻我的心情坏到极点,根本没有心思与新朋友认识,更是没有心情来与他们打趣,当虹姐给我介绍小奇的时候,我也只是对他礼貌地一笑。

因为情感的失落,心思无法集中,游戏总是出错。本来热情活泼的虹姐也被我消极的情绪所感染,变得沉默了,最后还是蝉姐打破了这份沉默,提议我们去视频房间唱歌。我突然回过神来，想到不能因自己情感的失意，而让两个平时对自己最为关爱的姐姐扫兴，便调整了一下心情，说："走，我们唱歌去。"

我最拿手的便是王菲的歌，先为她们唱了首王菲的《花事了》，接着又唱了一首《执迷不悔》，这时候虹姐又要求我与小奇一起唱王菲的《因为爱情》。唱完这些歌曲后，在虹姐唱歌的时候，我又换上了舞衣，为他们跳舞，这舞蹈别人是从来没有看过的，因为这舞蹈的原创与舞者都是独独，是独独为我舞蹈的时候，我全部记进心里的。他说："一生，这支曲子只为你一个人独舞。"想到独独，我的情绪再一次低落，感觉自己的灵魂在这舞曲里再一次出窍。

整个晚上，我没有注意小奇的长相，就连视频里的对唱，也只是沉浸在自己的情绪里面，可小奇却看懂了我舞蹈里的疼，他从私聊语音为我的舞蹈配上了歌词："爱情是否有誓言/我已经寻了千年/着一身葱衣旋转/只为寻找与你相遇的缘。"

从来没有人会看懂我的内心，这深刻的疼总以为不会有人明白，可小奇，这个我今晚刚刚认识的男孩子，他竟然从我的舞蹈里读懂了我的灵魂。强忍了一晚的泪水，竟然被这个陌生的男孩给说崩了堤，怕自己的脆弱被他们发现，强行让自己退出了房间，关了电脑，任由一行行清泪顺颊而下。

三

我是被蝉姐和独独一眼相中的女孩子，简历上明确写着:“孟蝶。1989年5月15日出生,20岁,某艺校优秀毕业生。在校期间曾多次代表学校参加省及全国大学生声乐、舞蹈比赛,均取得了优异的成绩。2006年全国大学生芭蕾舞比赛中获得第三名的好成绩。”当他们读完我的简历再把目光投向我时,同时对我投以赞赏的目光。就这样我顺利地进入了这家大型国有企业的文化部。

蝉姐是这家企业的副总裁,分管财务部、企业文化部、劳资、教育。而独独就是企业文化部的部长,成为了我的直接领导。进公司不久,我凭着自己工作中出色的表现,成为了蝉姐的秘书。

独独是个孤独的孩子,妈妈与爸爸离婚后,妈妈出国了,爸爸另组家庭。从此,独独一个人开始独住。独独又是个优秀而又精致的男孩子,身材修长,长相俊美,多才多艺。有许多女孩子都主动接近他、追求他,但看到他的冷漠与眼睛里那份深深的忧伤时,却又望而却步了。独独是安静的,除了工作事务外,他基本不会多说一句话,但舞蹈中的独独却又是热情洋溢的。我认定了他是一个用灵魂来舞蹈的舞者,他的爱,他的热情、他的执著、他的忧伤、他的痛疼都在舞蹈中表现得淋漓尽致。当他从舞蹈里回到现实以后,他便变成了一个孤独、冷漠的人。

第一次与独独约会,是我们合演芭蕾舞《天鹅湖》以后。卸完妆刚刚走出公司门口，独独就站在了我面前:“蝶儿,晚上八点我在馨园大酒店等你,想请你吃饭。”

说完,也不看我什么反应,更没有问我同意还是不同意,转身就走了,独留我在原地惊讶与发呆。

从下午五点半到晚上的七点半,独独为我带来了人生第一次情感的纠结。我不明白他这是在对我示好,还是纯粹的只不过想请我吃一顿饭。我是去,还是不去?说真的,无论是在学校,还是参加工作后,我已经记不清有多少男孩子对我表达过喜爱之情,可独独,却以这样的方式来约我,让我内心充满了迷茫与彷徨。

对独独我是有好感的,每当看到他眉头紧锁时,总有一种想要帮他抚平忧愁的冲动，我无法归结出这是对他的关心,还是对他真的产生了一种独特的情愫。当时针一分一秒地指向七点半的时候,我的行为跑到了我思想的前面——我打开了房门。让我更没有想到的是,刚刚走出小区的大门,独独就站在了我的面前:“蝶儿,我快等你半个小时了。”

望着他一脸的真诚与心不设防的单纯模样,笑容便情不自禁地挂到了脸上。

从此我便成了独独唯一的朋友。

四

越是与独独接触，便越是深陷在他荒芜而又冷漠的世界之中。独独想和我在一起，独独不拒绝我走进他的生活圈子。可他却拒绝我亲近他，进一步地了解他。我能深刻地感觉到他怕，怕我走进他的内心。

每次去独独家，独独便会席地而坐，摆弄着他的吉它，唱一首又一首的情歌。而我就会打开电脑，登陆进同城游戏，或者到虹姐管理的同城论坛看文友们的贴子。我知道坐在我身后，面前摆着一瓶啤酒的独独，每一首情歌都是在为我而唱。我的后背，便是他温柔目光凝视的焦点。可当我转过身，想用自己的目光与他交织的时候，他却总是又把目光投向了天花板。此时，我会忘记了自己还在网络里的游戏，痴痴地望着独独唱歌的姿态、落寂的眼神发呆。

那磁性而又忧伤的歌声，把我的快乐一点点给冰封起来，忧伤如一把无形的剑在沉寂中穿透了彼此的心灵。

我："独独，我帮你申请一个同城游戏的ID吧，这样即使我不在你身边，也可以陪你一起玩了。"

独独："不要，蝶儿。这些是小孩子的游戏，我不想玩。"

独独果断拒绝。

"可蝉姐也一直玩呢，她可是我们的领导啊！"我反驳道。

独独还是不慌不忙的样子："她是为了工作之余放松心

情才会玩的。”

我急忙抓住了独独这句话:“那你为什么要自己活得这样累,你也可以放松自己啊!”

独独像是被我的话电到,他抬起头,与我对视了几秒,然后又低头拨弄起自己的琴弦,一言不发。

越是与独独交往,我的心越是感觉到累与疲惫,独独允许我走进他的世界,待在他的世界里,可是他却从来不愿意到我的世界里来,不会体会我的感受,从来不会对我说哪怕一句暧昧的话语。

就这样,我们之间说不清道不明的关系,从2009年的五一开始一直持续到了2010年的元旦。

五

刚刚与爸爸妈妈一起包好水饺,独独的电话便打来了:“蝶儿,我在你家的楼下等你呢,到我家里去吧。”

我打开窗,看到了站在楼下的独独,便急忙从窗口与他招手又一边在电话里对他说:“独独,我们刚刚包完水饺,到我家里吃过饭再去你家好不好?”

独独:“不了,你下来吧。”

说完便自顾自地挂了电话。内心有说不出的失落,可当透过窗看到站在路灯下孤单的独独的时候,却又忍不住还是下了楼。

今天，独独把自己的小家装饰得好温馨，我看到他还专门把吊灯换了下来。换成了一个粉红的彩灯，灯光照射下来，变得温和而又柔软。

独独坐在我的身边，目不转睛地望着我，我大胆地迎向独独的目光，这次独独没有躲闪，只是轻轻地对我说："蝶儿，我给你跳个舞吧？"

独独为自己换上了一件葱绿色的舞衣，然后，便在我的面前认真地舞蹈了起来。看着看着，我的眼泪便无法抑制地流了下来，这是独独自己原创的舞蹈，那身绿色的葱衣，配合着独独的身体不停地舞动、旋转。这舞蹈里，有对人生的困惑、迷茫、执著与痴恋。

我看到了，看到独独的心了，忍不住，我便走向前，抱住了独独的身体："独独，如果你现在说你爱我，我会一生和你在一起，永不分开，我懂你、明白你了。"

停止舞蹈的独独用单膝跪在地上，双手抱住了我的腿，头贴在了我的小腹上，脸色苍白，泪如雨下："蝶儿，我为这只曲子取名叫《旋转葱衣》，今生，我只为你一人独舞。"

时间静止了大约有一分钟，独独松开了手，站起来对我说："蝶儿，我送你回家吧，你爸爸妈妈还在等你吃饭呢。"

刹那间，思想有一种歇斯底里的崩溃。

"为什么，你为什么要这样对我，难道我不够好，不够漂亮？”我哭喊着问独独。

独独猛地抱住我，如呓语一般地对我说：“蝶儿是世上最好最漂亮的女孩子。”

抬起泪眼，与独独四目相对，我们彼此听到了心跳，彼此的脸贴得是那么近，我想拥有独独的一个吻，哪怕是轻轻的一吻，我想今生死而无憾了。

轻轻地闭上眼，任泪珠挂满眼帘，我在等待着。可独独却轻轻地松开了手，还是那句话：“走吧，蝶儿。”

我的身体向后退了两步之远，然后绝望地对独独说：“不要你送了，我想从此，我再也不会踏进这个房门半步了。”

我转身离去，寒冷把我的心与眼泪一起凝固。

六

与小奇交往，缘于虹姐，因为虹姐了解小奇现实生活的一切，她说小奇是个难得的好男孩；也缘于独独对我的冷漠与伤害，我就是要向独独证明，没有你独独，蝶儿依然会有男孩子来爱，来喜欢；更是缘于小奇那天看懂了我的舞蹈。

从视频里可以看出，小奇是个阳光、快乐而又充满朝气的男孩子。小奇在意我。我发现小奇在用自己的阳光与热情帮我慢慢剥去独独披到我身体上的那件冰冷的外衣,在帮我把遗失掉的快乐时光,一点点地找回。

三个月后,小奇在五子棋室服务器开了房间,房间的名字叫“一生一世”。我本是犹豫不决,不知道是让自己进那个房间,还是不进。可此时,虹姐与蝉姐一起对我说:“蝶儿去吧,不要让自己错失幸福。”

走进房间,小奇对我说:“蝶儿,我说一步,你便走一步,一定要听我的话。”当我按小奇说的步骤下完这盘棋的时候,早已泪如雨下, 因为我们把那黑白棋子走成了两个相连的心。此时手机响起,是小奇打来的:“蝶儿,我爱你,我愿意把一生一世的快乐都送给你,做我的女朋友吧。”

我一边拼命点头,一边含泪说:“好。”

我等了独独一年没有等到他说出的话,小奇在三个月内就对我说了出来。

此时,虹姐与蝉姐也进了房间,当她们看到我与小奇下的这盘棋时,两人同时为我和小奇送来了祝福。蝉姐的情绪有点激动,她对我说:“蝶儿,下楼到你家不远的那家蓝月亮咖啡厅等我。”

小奇和虹姐一起对我说:“去吧蝶儿。”

七

与蝉姐静静地对坐在咖啡厅里,轻轻搅动着手里的那杯咖啡。

蝉姐:“蝶儿,蝉姐其实是独独的阿姨,因为工作关系,在单位一直没有公开。独独的妈妈事业心太强了,才疏忽了打理自己的家庭,丢掉了自己的幸福,所以伤心地离开了这个城市,去了大洋彼岸。”

我一时无法明白蝉姐想要表达什么,不能明白蝉姐现在对我公开与独独的关系的目的。之前与独独的感情纠葛蝉姐都看在了眼里,蝉姐对我是非常好的,这份好甚至于超越了上下级的关系。可每当她看到我与独独之间感情有苦恼的时候,她却不发任何评论。与小奇在同城游戏的交往,蝉姐也是抱着支持的态度的。可今天,她为什么会在我接受了小奇感情的时候对我说这些呢?我充满困惑地望着蝉姐。

蝉姐说:“其实,你与小奇的一点一滴,独独都知道,他等待着你接受小奇的这一天。可蝶儿,你要原谅蝉姐,因为我实在无法再帮独独隐瞒下去。因为独独的日子真的不多了,因为他对你太过挚爱,所以才选择了冷漠你,远离你。”

讲到这里,蝉姐已经无法抑制自己的情感,眼眶发红。

听到蝉姐的这些话，我的手一抖，差点弄翻了那杯一直被我正在搅动着的咖啡。

蝉姐："独独是在一次义务献血的时候被传染上艾滋的，已经开始发病了。本来他对这个世界的欲望与念想并不大，所以在我们为他的病悲痛的时候，他却显得非常淡然，直到你的出现，他对你一见钟情。从他与你约会的第一天起，他便让自己沉陷在痛苦之中不能自拔，深爱着，却无法拥有、无法拥抱、无法亲近的痛，让他几欲发疯。"

我的眼前，浮现出独独舞蹈的身影，那一身旋转的葱衣，在我眼前不断闪现，那悲、那痛、那迷茫、那爱的执著与深刻，我懂得，却粗心地不去体会，不去体会独独对生命的向往与渴求。一直以来只注重了自己内心的痛，却是忽略了独独的无助。

心疼让我语无论次："为什么会是这个样子，为什么会是这个样子？"

我一边哭喊着，一边站了起来，朝着那个为了给我幸福而让自己孤单的男孩的家奔跑而去。

八

我拼命按着独独的门铃，一边哭喊着："独独，开门，你给我把门打开。"

独独光着脚跑出来，把我搂进了怀中，我们相拥而泣。我抬起头含泪对独独说："以后不许再如此冷漠自己，更不许再冷漠我。"

独独拼命点头。

走进独独的小屋，平时干净的小屋，此时凌乱不堪。桌子上七倒八歪着许多啤酒瓶子，独独："都是因为我太过思念蝶儿，所以才会懒惰到不想打扫，才会以酒解愁。"

我深情地拥住独独说："现在蝶儿回来了，以后不许你再喝酒，好不好？卫生我包了。"独独像个听话的乖孩子一般点头答应。

突然想到有一件事情现在立刻要做个了断，我拨通了小奇的电话："小奇，对不起，我要收回刚刚答应你的事情，我是因为内心太过失落才会答应你……"可话还没有说完，电话却被独独一下抢了起来："小奇，不要听蝶儿胡说，我要你们永远相爱下去。"

听了独独的话，刚刚被风干的泪水再一次如泉涌："你知道我爱的是你，为什么却还这样？你知道，我无论是碰到小奇还是小怪还是小奇怪，因为内心对你的失落与恨，只要他们向我求爱，我都会答应的。"

独独把电话又递给我，我听到电话那头传来小奇的声音："蝶儿，可惜你碰到的不是小怪，也不是小奇怪，而是小奇，一个与你有着心灵感应的小奇，知道吗，这就是缘分。"

泪水流进嘴角，一股咸咸的味道直达心底："可是，小奇……"

我泣不成声。

小奇："我知道，蝶儿是个坚强的女孩子，不哭好吗？从2010年元旦看到你起舞的第一眼，我便知道自己今生认定你了，蝶儿，我愿意等，哪怕是一辈子。"

九

一个月后，小奇办好了一切停职手续，来到了我与独独一起生活的城市。小奇说："我要与独独住一起，做独独的特护。"

我说："有我呢，还需要你啊，你只要照顾好自己，别帮我的倒忙就好了。"

两个大男孩相视而笑。

快乐温暖了彼此的心。

我与小奇把独独夹在了中间，手把手教独独在同城游戏里玩，别看平时独独在电脑上写资料的时候得心应手，可是面对游戏时，他却是笨手笨脚，出错不断。

我与小奇便会被他逗得咯咯直笑。

独独："真的不行了，真的不行了，你们玩，我来看。"

同城游戏里，我为独独取的名字叫：快乐王子。

2013年五一劳动节,全市职工才艺大比拼中,独独的独舞《旋转葱衣》获得特等奖。这是独独在自己的节目中第一次用自己的话说了开场白:“这只曲子是我为一个幸福的女孩创作的,因为人间有爱,因为人间有情,所以希望迷茫的心走出阴影,珍惜生命,珍惜与你有缘走到一起的每一个人。”

两个月后,独独在他的爸爸、我、小奇和蝉姐的陪伴下,幸福地闭上了自己的眼睛。在他生命的最后一刻,独独拉住了我的手,然后放进了小奇的手心。

不久小奇的父母与我的父母相见,把我们的婚期订到了2014年2月14日。

因为我与小奇的爱情故事从同城游戏开始,再加上与独独这份特殊的情谊,我们的故事一直被同城游戏的朋友们祝福着、关心着。

虹姐与蝉姐,把我与小奇在同城游戏举行网婚的时间订在了2014年元旦。

十

窗外一声巨响, 一只丘比特之箭穿着两颗相连的心,在天空中绽放开来,把我从记忆之河里拉回,站起身,我想静观一场烟火的盛会。

此时,门铃突然响起,我皱了皱眉头起身想去开门,可刚刚走出我的房间,就被眼前的一幕惊喜地跳了起来:爸爸、妈妈、小奇、蝉姐,还有在网络里相见无数次,第一次走进我们现实中的虹姐,一起涌进了家门,我尖叫着说:“不是说在我们现实举行婚礼那天再相聚的吗?你们真坏,给我这么大一个惊喜。”

说着,我飞快地扑向了张开双臂的小奇的怀抱。

爱在运河湿地

一

西洛对小朵说："小朵，我们分手吧，两条平行线的爱情，注定是没有结局的。"

西洛的转身很华丽，留下小朵在夏雨缠绕的夜色里哭泣。

阿雅对小朵说："西洛享受的是爱情快餐，你的单纯与安静怎么能适应他。"

小朵知道，这世上唯一能了解她内心的女孩子便是阿雅，在大学她们是同班、同桌、同寝室四年，大学毕业后相约来到同一座城市进同一个单位，租同一间房子，这样的情谊不是三言两语所能描绘的。

日子一下变得消沉，小朵的话越来越少了。

阿雅便把非裴带回家中约会，因为她实在不放心小朵一个人在家。

非裴提议出门散心，于是三个人选择去非裴的老家。

这也是阿雅极力推荐他们去的,因为上次阿雅跟非裴去他老家的时候是在寒假，除了感觉到冬日的夕阳很美之外，非裴所描绘的家乡运河湿地的美,阿雅没能看到,这让她感觉很遗憾。现在正是盛夏季节,她的内心一直在想象着运河湿地那万亩荷塘的美丽。

二

一路上阿雅像一只欢快的雀儿一般,说个不停,他要非裴把他家乡美丽的运河湿地介绍给小朵。

非裴便耐心向阿雅解释说:“等到了老家,我让哥哥做你们的导游,保证他比我介绍得详细。”

阿雅:“我怎么从来没有听说你还有一个哥哥?上次跟你回家也没有看到他人影啊。”

非裴:“他是舅舅家的表哥，上次你跟我回家的时候,他正好去学习了,所以没有看到。哥哥可是名牌大学的高材生,毕业后非要回家乡工作,这让舅舅非常恼火,因为学校导师已经找哥哥谈话,想让他留校工作的,可他却……”

非裴一谈到自己的哥哥,一下兴奋了起来,话也收不住了。

阿雅打住非裴:“他是不是你从小追捧的偶像啊?在我们两个美女面前,这样表扬一个帅哥,小心我红杏出墙啊。”

阿雅的话刚刚一出口，小朵便扑哧一下笑了。

阿雅望着小朵的笑："小朵，你笑起来的样子真的好美。"

小朵明白，阿雅就是一颗开心果，所有烦恼都会在阿雅的面前怯步。

三

刚刚走出车站，非裴把双手里的大包小包合并到一个手里，然后举着手高声呼喊："晨曦，我在这里。"

一个高大帅气的男孩站到了非裴的面前，然后含笑帮非裴提包。非裴指着晨曦向小朵和阿雅介绍说："怎么样，我哥哥帅气吧，整天在太阳下面晒，这皮肤也晒不黑，最多也就是变成健康的小麦色。"

当小朵与晨曦四目相对的时候，小朵便感觉有些往事在内心复苏，这笑容，这帅气的脸，这高大的身姿，小朵想："我在哪里一定是碰到过他的，我们一定曾经认识过。"

小朵的目光里便多了几分痴呆。

晨曦望向小朵的时候，被她眼眸里的忧伤所深深感染，这样美丽而又安静的女孩子，眼眸里为什么写着深刻的忧伤呢？晨曦暗想：我曾经认识这个女孩子的，梦中也好，现实也好，这目光我是熟悉的。

晨曦向小朵热情地伸出了手："你好小朵，我是晨曦。"

小朵从深思中回过神，与晨曦握手，露着淡淡的浅笑："你好晨曦，我是小朵。"

当彼此的手心相碰的时候，晨曦手心里的温暖，有一种让小朵不想把手抽回的感觉。而小朵手心的冰凉，却是有一种让晨曦想永远握在手心的感觉。

四

当满目都是荷塘水色的时候，阿雅与小朵同时惊奇地叫了一声："好美的景色。"这美丽的景色真的是"接天连叶无穷碧，映日荷花别样红"的福地洞天。

那一大朵一大朵的荷花在迎风轻舞，粉红的、洁白的，美丽如孩子天真的脸。

晨曦含笑说："这就是运河湿地的万亩荷塘。"

晨曦向停靠在岸边的一条游船招了招手，四个人上了游船开始在荷塘中穿行。小朵一伸手，便能碰触到荷花那粉红色的花瓣，阵阵清香时不时就会钻进鼻孔。

在这样清新而又美丽的大自然中，阿雅和小朵在不停地深呼吸，像是要把这清新的空气永远吸进自己的身体里不再吐出来。

不一会小游艇在一条河心的大船前停下，晨曦和非裴跳到大船上，然后把小朵和阿雅也拉了上来。

这时从宽阔的船舱里走出四位中年男女,非裴立刻和他们打招呼:“舅舅、舅妈、爸爸、妈妈。”

非裴的爸爸妈妈一把便拉住了阿雅的手:“让我们看看,阿雅是胖了还是瘦了,我们家非裴欺负你了没有,如果他敢欺负你,记得对爸爸妈妈说,我们给你出气。”

平时活泼开朗的阿雅,被两个老人这么一宠爱,一下变得乖巧了起来。

饭桌上,四个老人关于三个年轻孩子的住宿问题产生了分歧,最后非裴妈妈把阿雅搂在了怀里:“好吧,你愿意住哪里就住哪里吧,我把我的儿媳妇接进家里住,你没有意见吧?”

非裴做出投降状:“好吧,我也不在外面住了,我回家住。”

小朵望着这温馨而又幸福的画面,便有笑容挂在了嘴角:“原来,幸福与爱就是这样简单。越是简单,幸福与爱的感觉便越会浓烈。”

想想自己与西洛之间的爱情,真累。内心那个忧伤之结,在此刻是松了又松。她知道,当缘分尽的时候,学会放弃,未必不是另一份幸福的开始。

这轻轻淡淡的微笑正好与一双关切的目光对视在了一起,那目光里充满着温暖。

小朵移开自己的视线,心莫名地跳了一下。

五

整个下午，晨曦成了他们的导游。

四个人从小季河人工湿地出发，一路上那种田园水乡之美尽收眼底。当游到芦苇迷宫的时候，阿雅成了掌舵手，他们在迷宫里转了几圈，最后在晨曦的正确引导下，才终于柳暗花明。

涛沟河的两岸更是绿树环拥，莽莽苍苍；河滩水草萋萋，芦苇摇曳，野生莲、荷、菱角、芡实随处可见，更有鸭嬉鸥飞，莺啼燕舞，天然野趣独具特色。

看得小朵和阿雅禁不住把赞美之声从嘴里呼了又呼。

阿雅："非裴，我决定了，我们结婚后不要在深圳了，这样美丽的地方，如果我的一生不是在这里度过，那就太遗憾了。"

阿雅话音一落地，便又想起了小朵的孤单。但阿雅就是阿雅，一个单纯、快乐、心无城府的阿雅。

"小朵，我们可是六年的同战壕的战友了，干脆你也嫁过来算了，省得我整天担心你吃了没，喝了没的，你总不能让我一个人两下过吧。"

一席话，让小朵的心里再一次生出温暖与感动，觉得自己所以这样多年和阿雅不分离，或许就是她身上的这份真让自己舍不得吧。在这冷漠的快餐时代，能遇到阿雅，是何等幸福的一件事情。

六

就在小朵思绪缥缈的时候,阿雅开始充当媒婆了:“晨曦哥哥,你有女朋友了没有?”

“追求我哥哥的女孩子可以排成一个连了,可惜我哥哥目光太高,到现在还是形单影只。”非裴抢答道。

阿雅听非裴这样回答自己,那笑容足够可以醉倒一池荷花了:“太好了,晨曦哥哥,我们小朵就许配给你了,这样小朵就也可以来天下第一庄生活了。”

小朵与晨曦的目光再一次相遇,这次小朵没有躲闪,她读得出晨曦目光里的热烈与缠绵。

晚上吃过饭后,阿雅向晨曦狡黠地眨了眨眼:“晨曦哥哥,今天小朵归你照顾了,自从小朵失恋后,我和非裴已经好久没有单独在一起了。”阿雅把小朵推向晨曦,做出陶醉的样子,“啊,有人爱的感觉真好。”接着就拉着非裴去度二人世界了。

晨曦看懂了阿雅的暗示,也明白了小朵眼眸里那深深忧伤的原因。

晨曦对站在一旁有点不知所措的小朵说道:“小朵,走,我带你去看夜色中的运河湿地。”

晨曦带着小朵来了自己的工作单位:那是一座古典而又优雅的三层小木楼,就矗立在运河湿地的水巷。

不远处的木桥上一个个红色的灯笼倒映在水中,像一颗颗明亮的珍珠在暗夜里闪着耀眼的光芒。此时,已经没有白天的喧闹,沉睡的运河美丽而又安静。

七

桥下波光粼粼的湖水,倒映着小朵与晨曦的身影。

两个人陷入沉默之中。

小朵沉浸在了她与洛西爱情的过往之中。

小朵与阿雅、洛西和非裴都是从学校认识的。当非裴的好友洛西看到小朵的时候,便对小朵展开了猛烈的追求。加上阿雅与非裴的帮助,两个人最终也成为了恋人。

毕业后,四个人一起去了深圳。但此时,小朵与洛西的感情却出现了裂痕。

最后到新西兰留学的洛西,亲手为他们四年的爱情画上了句号。

小朵想到这里,禁不住轻轻地叹息了一声。

这声叹息,深深地落进了晨曦的心里。

晨曦伸出手,把小朵的手握在了手心:“小朵,你信不信缘分?你信不信一见钟情?总之,今天,我信了。”

小朵没有把自己的手抽回:“晨曦,我们前世就是相识的,今世,我是为寻前世遗失的你而来。”

原来爱情就是这样一个简单而又奇妙的东西,有缘的人只要彼此相望一眼,便会看透彼此的内心,一颗孤独的心便有了依恋,一路走来,相知、相伴。

小朵找到了她爱情的另一半,至此她的爱便是一个完整的圆,不再残缺。

在峰回路转里与爱相遇

一

小微和明磊见面了，是在双方父母朋友的撮合下见的面。他们的父亲同在这个小城的某个单位当着正局级的干部，平时开会的时候经常会碰到，彼此之间相处得非常融洽，私人聚会上也常常相互勉励。两家的家长都存了同样的心思——结为亲家。他们认为这两个孩子是天造地设的一对，是理所当然应该在一起的。于是明磊的父母便主动找了中间人，到小微的家里提亲。

小微学业与事业都是一帆风顺的，考上了父母期望的大学，毕业后按照父母的期望回到了家乡，找到了父母想让她找的工作。明磊和小微也是同样的境遇，一切都按照父母所期望的那样一路走来。两个人背景相同、文化相当。当两人见面后，双方的感觉也是同样，对彼此的感觉良好，说不出不同意交往的理由。

从此，两人开始约会。

这样的约会让小微感觉平淡无华。每星期两人会在约好的时间里见两次面,小微不会迟到,明磊也不会早到。每天睡觉之前明磊会给小微发一条短信,然后小微会再给他回一条。

他们相识三个月,竟然连手都没有牵过,他们连自己都不知道自己是不是在谈恋爱。好冷,也好淡。

当双方父母开始为他们的婚礼做准备的时候,他们才恍然觉得彼此之间好像少了点什么,但他们却无法说清到底少的是什么?小微不知道怎么拒绝这个婚姻,而明磊也同样有一种想逃跑的感觉。

明磊北京的同学打来电话,邀请明磊去北京小住几日。明磊便对小微和自己的父母说:"我想去北京几天,顺便可以再买一些结婚用品。"双方父母想让小微和明磊一同去,小微说:"单位最近比较忙,没有请下假来。"

小微到车站去送明磊,明磊第一次把小微拥进了怀里,小微感觉到自己的脸有点烫,恋爱五个月来,这是明磊第一次和她如此近距离的接触,她不知道这个拥抱里面有没有爱情的成分。当小微的目光与明磊对视的时候,她看到明磊的眼睛里有亮晶晶的东西在闪动,让她一时也有点迷惑,因为她看到了明磊眼睛里有太多的不舍。她不知道应该用什么语言来安慰明磊,只好看似随意地说:"如果你后悔,可以不去。"

明磊轻声对小微说:“不,不后悔,希望你快乐,希望你照顾好父母,希望你能等我。”

这是他们交往以来,小微听到的明磊说过的最感性的一句话。这让她相信,明磊的这个拥抱和这句话绝对是含有爱情的成分的,哪怕是微不足道不值一提。

二

明磊走的第七天,父母才知道明磊在单位辞职了。小微没有多作解释, 只对他们说明磊想一个人到外面闯一下,明父恨铁不钢地说:“这小子是因为没有吃过苦头,过甜日子过得不耐烦了,等他吃够了苦头,便知道家里的好了。”

然后他们对小微更加的好,在他们的心里小微就是他们认定的儿媳。如果儿子敢和小微分手,哪怕他领回家的是七仙女,他们也绝不会同意的。

一下没了与明磊的约会,小微以为自己的生活又回到了原点,可不知道为什么内心竟然有一种空虚的感觉,她也不能明白为什么会有这样的感觉。她不能确定自己爱不爱明磊,更不能确定明磊爱不爱她。休闲的工作,让小微有大把的业余时间,她把这都放在了网络上。

从与明磊的电话聊天里小微知道明磊走对了,他在北京的事业发展非常顺利,明磊的同学让明磊在他们公司任总经理助理，明磊发挥自己所长，工作开展得顺风顺水。

小微是个安静而又淡然的女孩子，对于网络中的大型游戏她从来连看也不会看的，就只在QQ里玩一些自己喜欢的小游戏，虽然积分是负的，但却也玩得开心而又快乐。

认识冰点缘于他在游戏里突然就莫名其妙地踢了小微一脚。刚刚坐下，小微便被人一脚从椅子上踢了下来，接着电脑屏幕上便出现这样的提示：对不起，游戏会员冰点不想和你一起游戏。

小微轻轻笑了一下，便又换了个桌子坐了下来。结果刚刚坐下，电脑屏幕里便出现有人邀请她一起游戏的提示："会员冰点想和你一起游戏，你同意吗？同意就点是，不同意就点否。"

本想在提示里点否的，可小微却迷迷糊糊点了"是"，还没有等她反应过来要退出，电脑已经开始自动发牌了。更为让小微感觉尴尬的是自己还是和冰点打对家。

"美女对不起啊，刚刚不是有意的，我手滑。"

小微没有想道世上竟然还有这样的道歉方式，心情一下快乐了起来，便笑着回复对方道："呵呵，没事的，一会把你的家庭住址对我说一下，我找块砖头把你家的玻璃砸了，便算是为自己报仇了。"

"哈哈，美女这样厉害啊，我怕了还不成，下次见了你再也不踢你了，你如果认为我的水平还可以的话，叫我一声师傅,以后我带你,和你联邦,再也不让别人踢你了。”

安静已经成为习惯的小微，被这幽默感染着:“想得美,我自认为自己水平还可以,决不同意。”

“女孩子说话温柔一点好不好，拒绝人也不能这样拒绝啊,我可是帅哥啊,你知道帅哥的心是不能轻易伤害的。”

快乐就是这样的简单，五轮过后冰点邀请小微和他联邦,不知不觉两个人一起玩到了零点,小微竟然没有感觉到有困意,她内心有着一种从未有过的兴奋。

“美女还不睡觉啊？喜欢通宵吗？”

小微:“今天开心,现在还不想睡。但不会通宵的,明天还要上班。”

“哈哈,你该不是看上我了吧,要不为什么就偏偏今天开心啊？”

虽然隔着屏幕,小微的脸还是红了起来,如果是平常,如果是现实里有男生这样对自己说话，小微早生气地走开了,可她今天就是心情大好,就是生不起气来。

直接对着屏幕打出了:“别臭美,去你的。”

这样的话语,充满小女孩的天真与娇嗔。就在小微从聊天框里打出“晚安”两个字想发送的时候,桌子上调到振动的手机突然嗡嗡响着打起了转,把小微吓了一跳。

三

已经是深夜，小微想不起这个时候谁会给她打来电话，她打开手机看了一下来电显示，竟然是明磊打来的，这让小微心里一惊："明磊不会有什么事情吧？"

没有犹豫地便接听了电话。

"明磊，怎么这么晚打来电话？是刚刚应酬完回来，还是有什么事情？"

"小微，没有什么事情的，只是工作了一天感觉有点累，睡不着，想给你打电话了，你已经早睡了吧？真不好意思，这个时候还打扰你，可不知道为什么却突然想给你打电话。"

小微一时不知道应该怎么回应明磊，她没有说谎的习惯："你没有什么事情我便放心了，我在网上玩游戏呢，还没有睡。"

明磊："不要在电脑前坐太久，对身体没有好处的。你现在去窗前，看看天空。今天的夜空好美，那轮弯弯的上弦月，就像一只在湖里自由自在飘荡的小船。"

小微走向了窗前，透过窗帘的缝隙向外望去，可是深深的夜里小微没有看到半点星光和月光，也没有看到明磊所说的弯弯的月儿，窗外不知道什么时候飘起了秋雨。

小微原本快乐的心一下沉了下去，原来他们是在两个不同的天空下，原来在他那里晴空万里的时候，自己这里却是阴雨连绵。

电话那端的明磊又轻声问道:“小微怎么不说话了,最近还好吧？明天还要上班,不要再玩了,早点休息吧。”

明磊的话让小微原本失落的心情有了点起色,一份温情淡淡地晕开。明磊这是关心她吗？想起明磊好像有一个星期没有给自己打电话了,自己也好像从来没有主动给他打过电话,他们之间的关系到底是不是恋人呢？

四

再一次在QQ游戏里碰到冰点的时候，他直接便从游戏大厅的聊天框里叫小微老婆,这让小微非常生气,并非常严肃地回复道:“住嘴,不许你这样叫。”

冰点:“你未嫁,我未娶,你是美女,我是帅哥,我有追求你的权利。”

结果游戏室里冰点的朋友全都在聊天框里嬉闹起他来,说他如果不敢这样叫那才叫熊包。然后冰点不管不顾地一连打出一长串:“小微是我老婆,小微是我老婆……”

从来没有想过在网络里自己可以这样随心所欲,可以这样放松。小微笑了,原来这里可以脱下束缚自己内心的外衣。

和冰点就这样成为了朋友，他也是小微玩QQ游戏以来的第一个朋友，小微给他取了个外号“冷嘲热讽”。每当小微这样叫他的时候，他都会哈哈大笑，好像是个从来不知道烦恼是什么的一个人。但小微也有一个发现，冰点很少在晚上九点之前上线，总是在九点以后才能看到他的身影。小微晚上上网的时间明显变长了起来，她想延长这份快乐。

从与冰点的聊天中，小微知道冰点是北京人。小微没有再打听冰点是北京哪的，她认为网络就是网络，朋友之间能给彼此带来快乐便可以了，别的不必去多问，也不会去想。如果没有那天的冰点喝醉酒，或许他们的友谊就会这样永远如此快乐地保持和发展下去。

五

那天，一直到了晚上十点，冰点还没有上线，小微想他大概不会来了吧，便想早点下线休息。当小微点了游戏大厅上面的退出两个字，准备再点“确定”的时候，好友在线里提示：冰点上线了。小微点了“取消”，然后用最快的速度对冰点说道：“你来的真巧，如果你再晚来0.1秒，我就下线休息了。”

冰点：“那宝贝一定是在等我了，那就是证明你是在意我的了。”

小微的心突然为此一动，自己真的是在等他吗？他不来自己为什么感觉这游戏就无趣了呢？但小微回复的却是：“又没有正经。”

冰点的回答充满了幽怨：“呵呵，如果我有正经，能如此这样地接近你吗？如果我有正经，我能天天对你说我爱你吗，我说的我爱你全是真的你会相信吗？”

小微有一分钟无法让自己的思想思考，然后她的直接反应是：“你今天是不是喝酒了，你醉了，对吗？”

“是的，我醉了，我的人醉了，我的心没有醉，面对如此美丽的女孩，我却不会对她说我爱她，你知道我的心有多疼吗？你伸过手来摸摸，我的心每跳一下，便会对你说一声‘我爱你’。”

小微的心有些许的痛，眼睛也变得湿湿的，用手一擦，原来是泪水。

六

从那天下线后，小微一个星期没有再从网络上看到冰点。小微每天都会等到十点以后才会下线，她不能明白，这个只是从网络世界认识的男子，为什么会牵动自己的心？

星期天照常去明磊家吃晚饭，陪明磊的父母聊了一会儿天，明磊会在她快要回家的时候打她的手机，然后她会和明磊的父母一起听明磊讲话，听他讲在北京的事业，听他讲对父母的思念。最后，明磊又会像大哥哥一般对小微说：“天冷了,早上上班的时候多穿衣服。”

这时明磊的父母会故意走开,让他们私聊。

当明磊的爸爸用车把小微送到家的时候,已经是晚上九点。小微没有先去洗漱,而是直接打开了电脑登陆进了QQ,当那个熟悉的身影还是不在的时候,小微心里的失望无限扩大了起来。带着无限的失落和一丝弱弱的期待,小微挂着QQ去洗漱了。当小微洗漱完回到电脑前的时候,她的心几乎要跳出来了,那个熟悉的名字竟然并排与自己一起挂在游戏大厅里。

小微从QQ里开始呼冰点:“为什么这么久不来, 是不是有什么事情啊? 真的好担心你。”

冰点:“嗯,因为那天的失态不好意思来了,谢谢你的牵挂。长期以来我都以为你是个冷冷的冰美人,原来你却是一个善良、热情的好女孩子。”

小微的脸莫名的又红了,这是一个男子第一次对她说这样的话,虽然不是面对面,但她的脸还是红了。

手机再一次响起,小微拿了起来,一看竟然还是明磊打来的,这让她有点吃惊,因为从他的父母那里才刚刚和他通过话。

“小微,刚刚忘记对你说,我在北京买房子了,想今年能把我们的婚事办了,也让双方父母能安心。”

小微心里突然有说不出的难过,泪再也无法控制:“你结婚只是为了双方父母吗？只是为了完成任务吗？那么你有没有问过你的心，你爱不爱我，你喜欢不喜欢我，你问没有问过，我愿意不愿意和你结婚？我不想你这样委屈，我们分手吧。”

小微泣不成声，喊出了这些后，一下挂了电话，关了手机，然后也没有再顾得上向冰点道一声晚安，便匆忙关了电脑。

小微不能明白自己刚刚为什么会一气说出那些，但她知道自己的心真的好难过，好难过，这场恋爱，谈得自己心力交瘁。

早上起来，小微打开了手机，竟然有明磊十几条短信，小微有一种不想看、立刻删掉的冲动，但最后，她还是抑制住内心的悲伤，默默阅读明磊的信息。

“小微，原谅我，从来不会对你说爱，但心里真的装的全是你，原谅我昨晚说的话，我错了，不应该就这样向你求婚。”

“小微，我已经在北京快一年了，而你从来不说到这里来，你到北京来好吗？”……

心一下又乱了起来，对于这份爱情，小微不知道应该怎么面对。明磊显然是个优秀的男子，如果她这时候对双方父母说想取消与明磊的恋爱关系，妈妈一定会骂她身在福中不知福。

短信还没有看完，手机铃声便响了起来，小微看到是明磊打来的,小微再一次关了手机,她没有接明磊的电话,从心里她无法接受昨天明磊那种求婚方式。

七

当晚上小微再一次坐在了电脑前打开QQ,冰点的头像便一下蹦了出来:“小微,怎么了,怎么突然就下线了?是不是有什么事情?担心中,牵挂中……”

看着冰点的留言,小微心里突然感觉好委屈、好无助、好无奈,也突然感觉一下与这个从未谋面男子的心近了许多,原来被关心、被在意的感觉真的很幸福、很幸福。她给冰点发去了一个哭的表情,然后眼泪便情不自禁地又流了下来。

冰点:“小微,有什么不开心的事情啊?别放在心里,说出来或许就会好受一点的。”

小微:“我不知道为什么会对你这样的信任,不过憋在心里真的好难过,你相信有这样谈恋爱的吗?”

小微一口气把她和明磊乏善可陈的交往全部告诉了冰点,当讲到昨天明磊的求婚时,小微内心的悲伤更是无法用言语来形容:“他不爱我的,可他与我一样,从小就习惯了听父母的话,听父母安排一切,当双方父母商量我们要结婚的时候,他悄悄辞职去了北京,如果他爱我,他不会逃婚,如果他爱我,他不会以这样的方式向我求婚。他就是不知道如何拒绝,所以才会以这样的方式向我求婚。”

冰点:“小微,原谅我说话的直接,与你在这里认识也有几个月了吧，你给我的感觉是真的好难接触的，那么冰冷的气质,如果我不主动与你招呼,你是从来不会主动招呼我的。或者你的男友真的爱你,可因为你的冷漠,他才会不知道怎么表达对你的爱。还有你自己试想一下，你主动给他打过几次电话,发过几次短信呢？你也问一下你自己:你爱他吗？”

冰点的话让小微陷入了沉思。

小微开始仔细分析她对明磊的爱:“或许,我爱他也不够吧？或许,我看到他对我这样的关心,我的心里便生了怯意,所以不敢向他表白太多。可在你面前,在网络里我是快乐的,我不记得主动和你打过多少次招呼了,你怎么会对我有这样的印象呢？我想去北京,我也想能看看你。”

小微没有等冰点回复，便把自己的手机号码发给了他，然后又说道:“我知道,你是一个正直而又快乐的男孩,这些日子的交往,你没有主动向我要过手机号码,在我忧伤的时候是你陪在我身边,我信任你,我希望你也能把你的手机号码给我,到了北京后方便我们联系。”

八

小微下了火车走出站台,一眼便看到了站在人群最前面的明磊,大概是情不自禁吧?大概是心中真的有思念与牵挂吧?哪怕与明磊真的没有爱情,但与他交往这么久也有了友情了吧?

小微和明磊同时伸出了手,他们紧紧地拥抱在了一起,许久没有分开,此时,两个人都有久别重逢的感觉。

明磊一手接过小微的行李,另一手自然而然地牵住了小微的手,再没有松开。这是两人从确定恋爱关系以来,第一次这么牵手走路。当那分情不自禁的情绪过后,小微便又感觉被明磊握着的手不自在了起来,想把自己的手从明磊的手中抽出,但明磊握得那么紧,根本不允许自己把手从他的手中抽离。

来到明磊的房子里,小微突然感觉全身都拘谨了起来,两个人还是第一次这样在一起。明磊把一杯白开水轻轻放到坐在床沿上的小微面前:"坐了一天的车,一定累坏了吧,喝点水,洗漱一下早点休息吧,明天我做你向导,带你好好在北京转一转,玩一玩。"

明磊在小微的额头上轻轻地吻了一下,便走出了房间,还没忘帮小微带上了房门。小微再一次感觉到脸有点发烫,这是明磊第一次吻她,虽然只是轻吻一下额头。

躺在床上，小微拿起了手机，她想拨打在自己心里熟念了几百次的电话号码，但当从手机里选好号码的时候，小微却又紧张得不敢拨通了，她把手机又放了下来。

睁着眼无法入眠，小微走到窗前，望向北京城的夜空，整个夜色是那么的美丽与繁华，不知道在这深秋的夜色里，有多少喜的、悲的、爱的、恨的故事在上演。

早上起来，看看表竟然已九点了，小微急忙起身去洗刷，明磊早在外面做好了早点等她："知道你一定很累，所以没有叫你，想让你多睡一会儿。"

小微轻轻地对明磊笑了笑。走进洗漱间，让小微心里吃了一惊，明磊竟然帮自己挤好了牙膏，放好了洗脸水。

坐到餐桌前的时候，小微还是下定了决心把要与冰点见面的事告诉明磊。

"明磊，对不起，我必须对你说一件事情，在网络上我认识了一个男孩，他也是北京的，我想见他，所以今天我不能和你一起了。"

明磊吃惊地看着小微，他从没有想过如此平静淡然的小微，会做这种疯狂的事。明磊呆呆地坐在餐桌前，不知该怎样回答。

九

小微望着发呆的明磊,轻唤了一声:“明磊……”

明磊回神:“嗯,你们联系了吗?你打通他电话了吗?如果真的要去与他相见,我希望你最好选择人流量大的地方,毕竟只是在网上认识,现实中并不了解。”

小微:“还没有,我想先跟你说,再联系他。”

明磊:“好,我正好今天和朋友有个约会,你们今天先去相见吧,不过不要回来的太晚。”

说完明磊起身回到了自己的房间。

小微终于鼓起勇气拨通了冰点的手机,小微感觉自己的手在微微发抖,心也紧张了起来。当电话那端传来一声男子的“你好”的时候,小微也回了一声:“你好。”

她不能明白自己的情绪为什么会如此激动,与对明磊的理智形成了鲜明的对比。

“我知道你是个执著的女孩子,我们去香山公园相见吧,我会在阆风亭上等你。”

没有矫情的问候,也没有刻意的关怀,就像是对老朋友一样。

小微心里紧张到了极点,但不知道为什么,对于冰点她就是充满了信任。

此时的香山，正是枫叶红似火的时候，游人三五成群地沉浸在这醉人的火红里。小微怀着忐忑不安的心情向阆风亭走去。

阆风亭，位于静宜园西垣墙之外山崖之上，临于亭可春望桃花，夏观雨景，秋览红叶，冬赏雪色。诚为静宜园饱览山色绝佳之地。

当小微走进阆风亭，看到了站在亭中的那个人时，她以为自己走错了地方，又或是约错了人，又或者根本就是自己出现了幻觉。她眨了眨眼睛，希望之前看到的一切都不是真的。可是事实就是事实，明磊实实在在地站在这里，站在小微的眼前。

明磊笑眯眯地看着她的到来，当小微还没能弄明白这一切时，明磊一把把小微拉入了怀里然后低头吻向了她的唇。小微有一种被愚弄的感觉，她的第一反应便是直接给了明磊一记响亮的耳光，然后头也不回地跑了。

虽然挨了一耳光，但明磊一点也没有后悔。他坚信自己这样做没有错，他相信小微一定会理解他的。

十

奔回明磊住处的小微,开始默默地收拾行李。

随后赶来的明磊把她装好的行李再全部打开,小微便丢下那些行李准备走出房间, 明磊却一把把小微拉在了怀里,紧紧地拥着,然后深深地吻向小微的唇。

小微有一种窒息的感觉, 明磊的力气突然变得好大,她被明磊紧紧地拥在了怀里,无法反抗,更无法从他的怀里挣脱,小微感觉自己要死了,感觉自己连最后的一点力气都要用完了,眼泪就那么一滴一滴地落了下来……

明磊看到小微慢慢地安静了下来, 才停止了对小微的亲吻:“原谅我,小微,我真的好爱你,从第一眼看到你便爱上了你,但你的冷漠与高傲,却让我无法走近你,我知道你也是喜欢我的, 因为你根本找不到不与我交往的理由,可是我们却在交往中无法走进彼此,小微,你知道我心中的苦恼吗? ”

小微不想说话,她无法接受明磊便是那个在网上不拘小节,天天陪在自己身边的冰点,他与明磊明明就是两个性格完全不同的人。

明磊抱着小微继续说道:“以前每次看到你,便想拉住你的手,每次与你约会之前心里都会这样对自己说,今天一定要拉住自己心爱的女孩的手, 可每次总是以失败告终。我知道如果去年我不来北京，我们一定结婚了，但我不想你不快乐，不想你没有感觉地就嫁给我，可是来了北京后自己又后悔，在你身边的时候都无法走进你的内心，现在相隔两地又怎么与你相处呢？我想到了网络，便申请了那个号码，从网络上找到了你。我对自己说：这是对我们爱情的一次考验，看我们到底在彼此的心中有没有位置。”

小微惊呆了，她没有想到明磊冷淡的背后却是如此热情，原来明磊是这样地在意自己，在意到失去了自我，在意到了不敢去触碰自己。

明磊接着说道：“白天我可以拼命工作来忘记对你的思念，可是到了夜晚，我对你的思念却无法抑制，且因此感到心痛。我每天都对自己说，今天不上网了，给你打电话，可是一想到你叫我‘冷嘲热讽’时可爱而又调皮的样子便忍不住还是会打开电脑，想陪你多玩一会儿，想和你开开心心过完这一天。那天我是真的醉了，岩峰说我是个胆小没用的男人，说我只敢在网络上天天用调侃的方式对自己深爱的女人说‘我爱你’却不敢把她接到北京来当面对她说。于是我便试着打电话给你，没想到你的反应竟然是如此的强烈，当你泪流满面地对网络中的我诉说你的困惑的时候，你知道么？我是一边流泪一边笑。我开心，是因为我知道你是在意我的。我又忌妒，忌妒着网络中那个可以跟你畅所欲言的我。我矛盾着、害怕着,不过最终我还是拗不过自己的心。我想好了,等你到来的时候,便是我们坦诚相对的时候。”

明磊用真诚的目光望向小微,小微早已泪眼模糊。

其实爱情的种子早已在两人心中生了根、发了芽……